若你看見

我的悲傷

If you see my sadness

OL心聲代言人

雪倫 著

我和風說，好痛。
風輕輕柔柔地吹過我的傷口，
還是痛。

我跟雨說，好痛。
雨滴滴答答地淋過我的傷口，
仍是痛。

我向時間說，好痛。
時間咻咻咻咻地過去，無視我的傷口，
依舊痛。

我對自己說，啊！好痛。
我站在一旁看著自己的傷口流著血、泛著膿，
想開口對自己說一聲，乖，不痛。
但說不出口的我，繼續痛。

傷口已經結痂，
可是誰都帶不走我的痛。

第一章

不被愛的存在？

我討厭夏天。

但其實，我也討厭春天、秋天跟冬天。

不過，我更討厭那些正值青春年華，全身散發著荷爾蒙的少男、少女們，在烈日陽光下、在人來人往的大街上，不在乎任何人的眼光，自在地打鬧嬉戲，將熱血揮灑得淋漓盡致的模樣。

我總會想按下車窗，對著他們喊，「千萬要記得你們現在無憂無慮的樣子！十年後，你們會跟我一樣不滿這個世界，此時此刻你們臉上天真無邪的笑容，十年後，也絕不會再出現在你們臉上的，哼！」

但我只是想想，並沒有這麼做。因為憤世嫉俗的人，通常想的比做的多。

突然間，一個不長眼的高中生，太過專心地低頭滑手機，完全無視紅綠燈信號，直直穿越馬路。幸好我反應快，煞車踩得急，還順便踩好、踩滿，要不然只差十公分，我就會成了殺人凶手，面對這種事，我豪不猶豫按下車窗，對著那個孩子吼，「走路玩什麼手機啊？想死別弄髒我的車！」

高中生沒聽到，因為他戴著耳機，滿臉笑容，完全不知道自己差點就死在我的車輪下。我很想衝下車，搶走他的手機，狠狠往地上一丟砸爛，再吼他一頓，讓他哭著叫爹娘。但我沒有這麼做，再說一次，憤世嫉俗的人，通常想的比做的狠。

差點和別人生死存亡扯上關係，讓我的心情很差。於是我加快開車速度，想盡快抵達目的地，好擺脫這讓人煩躁的狹小車內空間。到了工作室樓下，我在旁邊空地迅速停好車。一走下車，看著眼前所謂的辦公大樓，其實也只是讓我心情更差罷了。

一棟老舊到不行的四層樓住宅，斑駁的外牆上，掛滿廉價的各色小燈泡，是以為每天都在聖誕節嗎？如果是試圖營造一種俗氣的氣氛，我只能說這樣非常成功。單薄褐色鐵窗，生鏽到禁不起一點外力衝擊。歪斜的木製招牌，風一吹就會不時飄下木屑。木屑落在我頭髮上，不知情的人八成會以為我昨天沒有洗頭。正面的牆面上，還能看出尚未被風雨完全洗去的老舊油漆壁畫，上頭寫了四個字「銀河大樓」，還畫了幾顆星星。這一切，在在都向世人證明著這棟樓有多千瘡百孔。

學設計的我，每天一早都要接受這樣的視覺震撼。本來就不美好的早晨，在此宣告全毀了，我只能期待到了中午心情能恢復一點。

我背著單肩大包，拿著圖桶走進位於一樓的咖啡店。這間店沒有名字，但老闆娘有名字，她叫李培秀，是個親切的女人。

「早，海若，妳等我一下喔！今天客人比較多。」培秀姊對我說。

我點了點頭，看著店內清一色的女人、歐巴桑、婆婆媽媽們佔據了所有的桌位。這個集中在這裡的怨念比地獄還深。

在抱怨兒子，那個在罵老公，不是在嫌婆婆不好，就是在說小姑壞話。

自從喝過培秀姊的手煮咖啡，其他地方的咖啡都不合胃口，因此成了死忠顧客，每天一定都要來一杯才能活下去。要不是這樣，光聽這些三姑六婆在那裡吱吱喳喳，我真的不如歸去來兮。

培秀姊在吧台內煮著咖啡，那手腕施展的巧勁，對待咖啡專注又真誠的態度，就像一幅畫似的。如果能把那個趴在吧台上哭得死去活來的太太馬賽克一下，就更好了。

每天都有女人來店裡向培秀姊哭訴，而培秀姊就像一塊專門吸收負能量的海綿，總是微笑傾聽，適時點頭，給予哭泣的人一些力量，我從來沒有看過她不耐煩。也因而這裡成了太太們的私人俱樂部，有什麼事就來這裡療傷。

我認為能忍受這些情緒的培秀姊很了不起，我很尊敬她。

「他怎麼可以這樣對我？我為他做牛做馬，他說要離婚就離婚，我算什麼啊？我不如去死一死啊！」吧台前一位四十幾歲婦女穿著很復古的大紅印花布連身裙，正哭得像個淚人兒。

「真是太過分，男人就是狼心狗肺！」一旁同行的朋友也流下眼淚，和大紅花連身裙婦女站在同一陣線。其他的太太們表情凝重，一副感同身受的樣子，但我想她們單純只是在想晚餐要煮什麼，家裡的衣服還沒晾，以及昨天的廚餘忘了倒這些事而已吧。

畢竟，這才是現實啊！

這世界上，只有你自己的事，才能讓你感受到悲傷。

培秀姊拿了紙巾給大紅花連身裙婦女擦了擦眼淚，那女人卻哭得更慘，像是找到一根浮木，多年的積怨在這時全都湧了上來。不要說長城要被她哭倒，太平洋都要被她哭到海嘯了。

「我不想活了，我不甘願啊！我要去死！我要讓他後悔！」大紅花連身裙婦女說著就想要往門外衝，在場的人全嚇了一跳。

站在門口的我只好趕緊讓開一條路，好讓她說到做到。適時地耍脾氣可以，拿自己命開玩笑就真的太蠢了。我翻著雜誌淡淡地說：「這樣妳也只是他死掉的前妻而已。」

大紅花連身裙婦女站在我旁邊一愣，下一秒哭得更慘。所有婦女的眼光同時看向我，好像是我要跟她離婚，我就是那個罪人一樣。好吧！如果說實話有罪，那我願意被送去坐牢。

「唉喲，沒那麼嚴重啦！不是都還沒離婚嗎？」一身紫的阿紫奶奶不知道什麼時候出現在咖啡店裡，也不知道什麼時候站到那位婦女身旁，開始安慰她起來，還伸手溫暖地拍了拍女子的肩。

我看著穿著紫色套裝，頭上戴著一頂咖啡色淑女帽的阿紫奶奶，很想問她為什麼要把自己搞得像一條茄子，我對茄子過敏，看她這樣我眼睛好痛。但我不會問，因為這是阿紫奶奶的穿衣風格，無時無刻，無條件就是紫色。

「我給妳幾張愛情咒，妳燒完，調成一碗符水混進妳老公的洗澡水裡幫他洗一洗，就不會離婚了。」阿紫奶奶從茄子裡，不，從衣服口袋裡拿了幾張符出來，眾婦女看到符紙，好像看到梁朝偉還是韓國男偶像一樣，爭先恐後地說想要。

眼前這幕荒唐到我無法直視，只能不停翻著白眼。

倒是事主大紅花連身裙婦女動也沒有動，哀怨地說：「他都不想看到我了，怎麼可能還讓我幫他洗澡！」

阿紫奶奶一聽，馬上又從口袋裡拿出幾顆藥丸，一臉自信，「沒關係啊！我給妳幾顆安眠藥，讓他吃下去，睡死了再拖去洗，多方便啊！」

培秀姊一聽，急忙搶下安眠藥。我聽完這段話，白眼又再翻了幾次。

「阿紫奶奶，別這樣。」培秀姊正色制止，轉身帶走那位婦女，很怕她繼續被阿紫奶奶搞下去，真的會去尋死。

阿紫奶奶無辜地眨了眨眼，想用眼尾的三層魚尾紋來證明自己人畜無害，訕訕地說：「只是吃幾顆安眠藥，哪有這麼嚴重啊？偶爾我想老公睡不著也是會吃一下，還不是活得好好的？」

碎唸完，阿紫奶奶又瞬間變了張臉，像朵交際紫羅蘭，一桌一桌湊過去聊天，幫那些婆媽想餿主意。比如捲髮大媽抱怨兒子都三十歲了還待在家不出去找工作，快把她的存款都花光，她擔心以後自己老了怎麼辦，這個兒子靠不了，還能靠誰？

阿紫奶奶理所當然地鼓勵她，「再生一個啊！妳應該還能生吧！」

另一個剛結婚的可憐新婚女，說婆婆昨天半夜還跑進她和老公的新房，幫老公蓋被子，怕老公著涼。她身上只穿性感睡衣跟丁字褲，就這樣都被看見，早上和婆婆打照面時有夠尷尬。

阿紫奶奶一副「這哪有什麼」的模樣，「那就都不要穿啦！這樣妳婆婆肯定看到一次就再也不會進你們房間了。」

我聽了這餿主意，差點把手上雜誌撕成兩半。

阿紫奶奶就是一個這麼奇怪的人，她的白目事蹟，一本辭海的頁數都列舉不完。但我們也不能說什麼，因為她是我們的房東，這棟破舊四層樓的擁有者。明明只是四層高的樓房，硬要規定我們稱它大樓。

她說，常常把東西說大，人生格局才會大。

一樓是培秀姊的咖啡店，二樓是阿紫奶奶自己開的紅娘聯誼所，三樓是我和茉莉、丁焱一起創立的內衣品牌工作室，四樓目前空著。曾有人詢問表達租賃的意願，但阿紫奶奶都不肯出租，理由是覺得和他們沒有緣分。

阿紫奶奶最重視的，就是緣分。

是說我也很難理解那些要來租房子的人，到底是哪裡有問題？

我真心不喜歡這棟醜不拉嘰又破舊的大樓，整條大馬路就只有這棟建築，要到最近的社區步行還得將近十分鐘。銀河大樓就像被遺棄在世界的某個角落一樣，孤伶伶的，給它溫暖的，就只有鄰近的那盞昏黃路燈。

而我也和它一樣，只是我旁邊沒有任何一盞燈。

當初在找尋合適的工作室地點時，喜歡的地方要不是預算太高，就總是遲了那麼一步，好像全世界同時講好了，不讓我們輕易達成夢想。就在我們已經要放棄找工作室地點，掙扎著創業該不該繼續時，茉莉竟在路邊撿到一個迷路的混血小孩，剛好是阿紫奶奶的孫子。為了報答茉莉，阿紫奶奶就說三樓可以給我們使用，我們只要負擔水電費就好。

茉莉覺得這是天下掉下來的好運，沒有取得我和丁熒同意就直接簽了合約，還猛說這裡風水有多好。對，每次吹南風，工作室就要開三台除濕機！再說到交通有多方便？哈，當然方便，整條馬上路就只有這棟大棟，完全不會塞車。那生活機能有多好呢？也是，樓下就只有一間咖啡店，想喝咖啡就有，真、的、很、好！

於是我屈就地搬了進來，將就地使用這棟大樓，雖然我不相信阿紫奶奶老是吹捧自己大樓是塊福地的說法。對於一個什麼都沒有的人，當然也不會有擁有什麼信仰，自然不會迷信。

但品牌創立至今已經兩年，的確真的還算順利。遇到問題，也都一步步順利解決問題，就這樣走了過來。

這些日子相處下來，對於阿紫奶奶時不時的暴衝，和不按牌理出牌，其實也很習慣了。我只是常有一個疑問是，她說話這麼白目，怎麼沒有人對她動手過？她真的運氣很好啊！

「湯湯，妳說，我說的對不對？」阿紫奶奶突然指著我，要我認同她的建議。但我做不到，所以通常只要她一 cue 我，我就是裝傻放空。

阿紫奶奶沒有打算放過我，快步走到我面前，「湯湯，我在跟妳說話呢！」我無法再繼續置身事外，畢竟阿紫奶奶的臉就在我眼前十公分，幾乎快吻上我。我可沒有打算跟她多元成家啊！

我退後了幾步，不習慣和別人靠這麼近。

「湯湯，妳為什麼又翻白眼了？」阿紫奶奶不滿。

不然我還能怎樣？活著這件事，本身就很值得翻白眼啊！

我抬頭看到培秀姊已經煮好我的咖啡，馬上衝過去接下來，快步離開咖啡店，往三樓走去。而阿紫奶奶還繼續跟在我後頭。

「湯湯，妳要不要來我紅娘所當模特兒？」阿紫奶奶笑嘻嘻地說。

「不要。」

「上星期有幾個不錯的貨色，妳要不要參考一下？」阿紫奶奶踩著她的低跟鞋，腳步聲在我後頭叩叩叩地響著。

「不要。」

「那貨色的爸爸如何？如果妳喜歡年紀大一點的？有些老婆死了，離婚的……」

「不要。」

「那妳條件開出來，我幫幫妳。」阿紫奶奶熱情地說。

我轉過頭看她，明明年紀一把了，跟著我爬了三層樓，居然還能臉不紅氣不喘，一臉期待地等著我的答案。

「不要。」我說。

然後轉身開門走進辦公室，已經早上十點了，仍是空無一人，我啐了一聲，回頭發現阿紫奶奶不知道什麼時候離開了。

可能是我啐的那一聲很明顯表現了我的不爽。

「WeUp」是我和茉莉、丁熒三人一起成立的內衣品牌。我負責設計，茉莉負責行政、會計，丁熒則是負責業務。我們雖沒有限制工作時間，只要把自己的工作做好就好，但每當她們出勤狀況太不規律時，我仍會隱約感到不快。

茉莉會晚進公司，肯定又是去當傭人了，為了那個她暗戀了六年的學長上山下海。丁熒則是每天晚上混夜店，以駕馭男人來取得人生的成就感。我並不想評論她的私生活，不過老是看她到公司才醒酒，我就得忍住火氣，假裝一切都很美好。

我們三人的相遇，是件很奇妙的事。

茉莉和丁熒是大學同班同學，但在學校時並不熟。出了社會工作後，恰巧進入同一間公司，可是不同部門，相處機會也不多。直到兩人同時因公司縮編被裁員，一起到酒吧喝酒詛咒公司時，才真正親近起來。而我也因為生活失意，喝酒解愁，剛好坐在她們旁邊，才有了第一次的對話。

「我們主管什麼事都叫我做，連她兒子內褲都我去幫她買，沒有幫我加薪就算了，她怎麼可以在裁員名單上寫我？酒、酒、酒！」有些醉意的茉莉大聲跟酒保要酒。

我坐在她旁邊，覺得耳膜快破了。轉頭看了她一眼，茉莉也剛好轉過頭看著我，然後她笑了出來，對著不認識的我說：「我今天被裁了耶，我明天就沒有工作了耶！」

看著她，喝了不少的我，也有一種想把內心委屈都說出來的衝動。反正離開這裡之後，我們誰也不認識誰，這種短暫的交集，大概是這個快速的時代裡，讓人們能夠盡情發洩情緒的禮物吧。

但我始終說不出我的難過。也或許是不知道該從哪開始說，只能喝著酒，拿著筆，在衛生紙上東畫西畫，聽著茉莉和丁熒抱怨公司。畫畫始終是我和自己對話的方式。

「媽的，被裁就被裁，我才不相信這種爛公司能撐多久！老娘就算去便利商店打工，也不要在那種血汗公司拚我的命，浪費我的青春！」坐在茉莉左手邊的丁熒快速地乾了一杯。

「房租一萬，生活費八千，每個月要再拿一萬回家。我快窮死了，為什麼想要好好做份工作會這麼難？」茉莉抱怨著，拿著酒杯撞了我的酒杯一下。

我對她突如其來的示好感到有點慌張，便抬頭看她。她帶著醉意，笑著對我說：「希望妳沒有跟我一樣倒楣。」

我沒說話，因為我或許比她更倒楣，每個人人生問題的重量，是無法拿來比較的，沒有誰的比較痛，也沒有誰的比較不痛。

「找不到工作，我就去援交！」丁熒開玩笑說著，接著靠了過來，伸手撞了茉莉和我的酒杯。

丁熒順手抽走了我正在畫的塗鴉，「哇！妳好會畫，這女人畫得好美，可是眼神怎麼那麼可憐？」

我伸手抽回自己的塗鴉，脆弱的衛生紙卻破了。

「不好意思！」丁熒說。

我搖了搖頭，表示沒關係，反正這些等會也是要被丟掉的。

「妳這麼會畫畫，是畫家嗎？」茉莉問。

「失業中。」我說。

「連妳這麼有才華的人都失業，那我看我可能要去要飯了。」茉莉嘆了口氣。

「我就不懂了，為什麼我們要看人臉色啊？明明我們都是有能力的人，乾脆我們自己開間公司算了！」丁熒幫我和茉莉倒酒。

「創業不容易啊！」茉莉搖了搖頭。

「找工作也不容易啊，反正都不是容易的事，為什麼不選一個至少能讓自己開心一點的去做？你說是吧，帥哥。」丁熒說著說著，順便調戲了一下酒保。

酒保一整個狀況外，但仍客氣地笑了笑。

不知道為什麼，丁熒的這個提議竟讓我心跳加速，熱血沸騰，好像心臟就快從嘴巴跳出來一樣。我和茉莉訥訥地看著丁熒，這時的她，背後好像透著光，坐著蓮花座下凡來引導她的子民：別苦惱了，就這麼做吧！

「我想創業，妳們要不要加入？」丁熒自信地說。

「可是要賣什麼？鹽酥雞？陽春麵？」茉莉問。

丁熒沒回答茉莉的問題，只是看著我，「妳之前是做什麼工作的？」

「我是服裝設計師。」

「那就好啦，妳設計衣服，我來賣衣服。」丁熒指著茉莉，「妳來做行政兼會計剛好，祝我們生意興隆。」丁熒說得理所當然，好像公司已經成立也開始賺錢了似的，舉起酒杯敬我們。

我難得地笑了，茉莉也是，三個女人開心地喝過一瓶又一瓶酒，慶祝公司成立。這晚最後的印象是，我走進洗手間，然後就什麼都不記得了。

醒來，已經是隔天晚上。我還在酒吧的洗手間裡，準備開店的工讀生看到趴在馬桶上的我，以為發生命案，大聲尖叫才讓我醒過來，然後開始打電話給昨天打烊的工作人員，質問他們為什麼沒有把我處理掉。

離開酒吧時，我隱約記起一些片段。我記得三個人喝得很開心，記得我很久沒有那樣笑過了，記得昨天晚上我重新感受到：啊！有未來的感覺真好，雖然只有幾個小時。

酒醒了，回到現實中，我仍是個什麼都沒有的人。

我還是繼續住在狹小的套房裡，過著失意的日子，偶爾接點插畫案子來糊口，偶爾走到巷口雜貨店買幾瓶酒，走到對面公園喝著酒。不知道有多少個晚上是直接睡在公園裡頭，醒來時，一旁的空罐子裡頭還有好心的人塞一百塊給我。偶爾看著眼前人來人往，卻覺得自己好像死去化成的靈魂一樣，沒有人看到我。

直到有一次，忽然想重新感受那天晚上短暫的快樂，所以我又去了同一間酒吧，看見茉莉和丁熒正站在門口。

她們看到我，又驚又喜，同時對我說了一句，「終於等到妳了。」

我才知道，那天過後她們兩個會輪流到那間店找我，因為她們並沒有放棄開工作室的計畫。這天剛好兩人都有空，同時到酒吧等我，在門口巧遇。五分鐘後，我也出現了，就是這麼恰巧。

像注定的一樣。

丁熒把她的規畫書拿給我看。她告訴我，服裝有季節問題，容易造成大量庫存，有種衣服是每個女人都會穿，也不會省錢的，就是內衣跟內褲。我和茉莉非常認同，於是我們決定往這個方向去走。

我開始大量閱讀和查找關於內衣設計的書籍，茉莉則是著手找工作室地點和處理相關成立文件資料，丁熒負責找合作廠商及想辦法開發通路。

半年的時間，我們邊打工，邊進行工作室成立的事。茉莉的組織和數字運算能力很強，就由她來控制成本及訂立工作流程。丁熒的業務和行銷點子也很驚人，讓品牌在短短一年內能見度大增。雖然離成功還有很長一段路，也算是走在成功的路上了。

我們一年內已回收當初的投資成本，甚至從三個月前，已有盈餘可以分紅。

我知道她們都很強，但可以好好上班嗎？

我把包包放好，打開電腦，準備開始工作時，茉莉進來了。

「早安。」茉莉手上掛了一堆從洗衣店拿回來的衣服。

我看了一眼，是男生西裝。茉莉乾笑了兩聲，「那個，阿泰學長晚上要參加朋友的婚禮，我去幫他拿衣服。」

我點了點頭，不予置評。

「湯，上次妳做好的新樣本，那件粉紅色的內衣，可以先給學長的姊姊嗎？她想在上市前……」

我抬頭看著茉莉，「隨便。」

以她對阿泰學長這種排山倒海的愛意來看，哪天連公司都送給他，我真的一點也不會意外。女人為了愛會去死這件事，我深信不疑。

「謝啦！」茉莉得到我的應許，鬆了一口氣。

丁熒頂著一頭看起來剛睡醒的亂髮，一副快死了的樣子出現，進門時還撞上了玻璃門，「咚」地一聲。

茉莉嚇了好大一跳，對丁熒說：「小心一點啦！那扇門要上萬塊耶。」然後走到門旁，小心察看玻璃有沒有損壞。

不愧是會計。

丁熒撫著撞疼的額頭，這一撞似乎讓她清醒不少。她坐到自己的位置上，茉莉重複著每天的動作，為她獻上一杯蜂蜜水解酒，我則是連看都不想看，繼續準備新產品設計稿。

「每天都這樣喝，妳都三十了耶，以為自己才十八喔？」茉莉在丁熒額頭上擦了萬金油，頓時工作室內一陣涼涼的味道，嗆得我打了幾個噴嚏。

「啊，湯湯鼻子會過敏，抱歉。」茉莉愧疚地看著我說。

「沒關係。」

「還能喝時不多喝，死了喝什麼？」丁熒絕對是及時行樂這四個字的最佳代言人。

「妳們知道昨天跟我喝酒的是誰嗎？是貝里詩百貨的樓管主任。我本來打算色誘他，然後讓他在床上簽約，降抽成趴數，不錯吧！」丁熒喝了口蜂蜜水，清了清喉嚨。

「神經病。」茉莉罵了丁熒。

丁熒憤恨地繼續說：「可是我沒有成功，因為他是 gay，長那麼帥為什麼是 gay？身材練得那麼好，為什麼是 gay？老天爺為什麼要懲罰我這個異性戀女子？為什麼異性戀男都一堆怪咖，why？」

那些異性戀也會覺得丁熒才是怪咖。

跟他們吃飯、看電影、上床，卻不跟他們交往。丁熒的愛情名言只有兩個字：掌控。不能被她掌控的人，都不要碰。

一種愛情強迫症。

這種症狀，我也有，叫走開，愛情都走開，離我遠一點。

「所以約簽了沒？」茉莉問。

「當然沒有啊！那個趴數就是做白工啊！我們幹嘛浪費時間？」丁熒在位置上刷起牙來，茉莉遞上濕毛巾讓她擦臉。然後丁熒踢掉拖鞋，換上座位底下的高跟鞋，快速抹了保養品，化了妝，綁好頭髮，總算準備要工作了。

我望了一眼電腦上顯示的時間，中午十二點十分。

「酒一醒就餓了。我想去吃牛肉麵，一起去？」丁熒整個人精神氣爽。

「好啊，也到吃飯時間了。湯湯，一起去嗎？」茉莉突然叫了我的名字，我抬起頭，還沒開口，丁熒就代替我回答了，「別叫她了，她啥時跟我們吃過一次飯了？」

我看著丁熒，丁熒也看著我，我們四目相接，卻沒有相同頻率。

「我還不餓。」我說。

丁熒望了我一眼後，便拉著茉莉離開，出門前對我說了一句，「我下午會去談新的合作案，機會頗大，妳手上現在的設計要儘快收尾，不然趕死妳。」

我點了點頭。

丁熒走了出去，茉莉跟在後頭唸著她，「妳幹嘛這樣啊？搞不好湯湯真的會去。」

「算了吧！我們都認識多久了，連她家有什麼人都不知道，明明就是同甘共苦的夥伴，也不知道在搞什麼神祕，有把我們當過朋友嗎？妳幹嘛熱臉去貼冷屁股？」丁熒的聲音越來越遠，我卻聽得很清楚。

她的指責是真的，我反駁不了。

她們對我來說，就是同事，工作以外的事我什麼都不想多說。沒有愛情、沒有親情、沒有友情的這些年來，我還是活得好好的，而且很好。

很好……吧？

電腦螢幕上倒映出我苦笑的臉。

我沒有懷疑過丁熒的工作能力，所以我加快了設計的腳步，畫了擦、擦了畫，拿著各種材質比對，找資料、找靈感，還要維持品牌理念。

突然一個便當放在我桌上。我從忙碌的工作中抬頭，茉莉正朝我微笑著，「還沒吃飯吧！幫妳帶了一個雞腿飯。」

「謝謝，但我還不餓。」我拒絕了茉莉的好意。

茉莉一愣，說沒有發現她眼裡閃過的失落是假的，但是我……真的不想接受，因為那很有可能又是一段失望的開始。不對任何人投入情感，是我保護自己的方式。

「那我先放旁邊，妳餓了再吃。」茉莉把便當放到我的另一張工作桌上後，走回自己的位置，也開始工作。

工作室裡，我們各做各的事，有鍵盤聲、有寫字聲、有紙張磨擦聲，還有茉莉接各種電話的說話聲，可是氣氛安靜得很嚴肅，和我的心情一樣。

「湯湯，我先下班囉！」茉莉走到我桌前對我說。

我再抬起頭時，才發覺天已經黑了，燈也不知道是什麼時候打開的。我朝茉莉點了點頭說：「再見。」

茉莉給了我一個微笑，「早點回家休息，別太累了。」然後轉身離開工作室。我又繼續回到工作中，直到飢餓感快將我吞沒時，才決定結束今天的進度。

我收拾桌面，拿了包包，關好工作室的燈和門。下樓時，剛好遇見紅娘所的聚會解散，我被一群恨不得小孩快結婚的爸媽擋住了離開的路，只能站在階梯上，看著阿紫奶奶和那些父母開心地聊天。

阿紫奶奶常說，不被家人祝福的感情，只有死路一條。

所以解決對象問題之前，要先解決對象的父母，所以要讓這些希望自家小孩順利結婚的爸媽認識跟聊天，交換照片，彼此滿意了之後，才會再進行下一步。如果看不滿意，就再找別對父母聯誼。

至今透過阿紫奶奶的紅娘所介紹而結婚的夫妻，沒有任何一對離婚。紅娘所成了那些感情上魯蛇男女們父母的燈塔，每次舉辦聯誼會，都是場場爆滿。

阿紫奶奶看到我，開心地揮手，對我大喊，「湯湯！妳快過來，這位先生是富二代，他兒子是富三代，妳嫁過去就不愁吃穿了！」

那一秒，所有爸媽的眼神都掃向我。我丟臉地低下頭，快步穿越人群，阿紫奶奶的聲音仍不停傳來，「湯湯，妳走那麼快幹嘛？先認識一下啊！幹嘛跟我客氣？妳不要嗎？不要我就給別人了喔，湯湯！湯湯！」

直到我上了車，關上車門，阿紫奶奶的叫喚還迴盪在我的耳旁，我嚇得趕緊發動引擎離開。感謝她對我們的終生大事這麼有熱情，三不五時就拿著報名要配對的資料來給大家挑選，要我們翻牌。

培秀姊總是平靜地帶著微笑，執著於煮咖啡的手從來沒有去翻過一張。丁熒則是猛點頭說想認識，但忙著回各個男人簡訊的手也沒有時間去翻過一張。茉莉是連看都不看一眼，愛學長的心意忠貞不移，那雙只為學長服務的手，作夢都別想她去碰過一張。

愛得這麼失敗的我，更不會去翻，連經過二樓都跟逃命一樣。今天只是稍微放鬆警戒，就被阿紫奶奶抓到了。

回到家附近，我停好車，走到巷口雜貨店拿了幾瓶啤酒。我把錢放在桌上，對著在裡面專注看鄉土劇的老闆娘喊，「錢放在桌上了。」

老闆娘轉頭看我，「少喝點啦！吃飯沒？我晚上煮了水餃，要吃嗎？」

我禮貌地微笑搖頭，轉身離開。

「別又在對面公園喝到睡著了！」老闆娘在我背後叮嚀。

從大學畢業找到第一份工作後，我就一直住在這裡。曾經有過離開的念頭，但最後都作罷，因為，傷心的人不管去哪裡都會傷心。

有些回憶，我不願忘記，不是因為美好，而是因為痛苦。活著，有些痛得要銘記在心，那是上天給予的教訓。

要我記得，小心別付出太多。

回到家，洗了個澡，泡了兩碗麵，一碗牛肉麵、一碗炸醬麵。再把啤酒擺上，想讓餐桌看起來豐富一點，想讓自己感覺吃了一頓好的，想讓自己覺得，自己是幸福的。

我吃著麵，打開廣播聽老歌。家裡沒有電視機，被我砸壞後，就再也沒有買新的。這屋子裡的許多東西都曾經被我狠狠糟蹋過，櫥櫃掉了半片門，玻璃桌面有一個破洞，我現在坐的這張椅子連椅背也沒了，因為都被我拿來砸過某個男人。

這些我都留著，這些也都得要留著，才能用來證明我不是一個被愛的存在，好讓自己斷了對所有情感的妄想。

麵沒有吃完，酒已經喝了三瓶。配著那些英文老歌，看向窗外星月隱沒的天空，我覺得好寂寞卻也好平靜。

桌上的手機突然震動，喝完的空啤酒罐，也跟著滋滋作響，我看了看來電顯示，深吸一口氣後才接起。

「海若啊，我是舅媽。」

「嗯。」

「妳爸又打電話回來說要跟妳媽離婚了。」舅媽的聲音聽起很緊張。

「嗯。」

「妳媽她又……」

「不吃不喝關在房間裡。」我淡淡地接話。

「對啊，都三天了，妳舅舅很擔心。」

「上次在房間裡關了一星期，不也活得好好的嗎？」

「海若，妳別這樣，再怎樣也是妳媽啊！」

我平靜地向舅媽分析，「把我生下來就丟給妳和舅舅，她像一個媽媽？畢業典禮是妳和舅舅來，我進入青春期，內衣和衛生棉是妳帶我去買的。我在思考未來感到徬徨時，她只顧著在思念那個在大陸包二奶的丈夫，她有放過一點心思在我身上嗎？」

我受夠了「再怎樣也是我媽」這句話。

「舅媽知道妳很辛苦，但看妳媽這樣，妳舅舅也很捨不得啊！」善良的舅媽帶大自己兩個小孩之外，還把我當自己女兒看待。而我媽事不關己，每天就是期待丈夫會不會有一天回到她身旁。

她全部的愛都給了她的丈夫，身為她的女兒，什麼都沒有。

「舅媽，妳放心，她不會怎樣的，她死都不離婚就是為了等她老公，她老公回來之前，她會好好活下去的。」

「唉，妳爸一直跟我們要妳的電話，真的不給他嗎？」舅媽小心地問。

我倒是笑了。「我有爸爸嗎？」我反問舅媽。

我念幼稚園小班時，他去中國經商，舅舅見我媽和我兩人生活孤單，就接我們同住。原本每半年會回來看我和媽媽一次，後來變成一年回來一次，接著又變成三年、五年。最後一次看到他，是我十八歲那年，他一回來家裡，看到我的第一句話是，「婉儀？」

那是舅舅的二女兒，我表姊的名字。

他忘了自己女兒的模樣，卻記得表姊的名字。那次之後，我就再也沒有看過他了，我是單親家庭的小孩，只有名義上的母親，早就當父親已經死了。

舅媽為難地說：「妳爸都以為是妳媽阻止你們見面，對我們也很生氣，昨天打來還罵妳舅舅，覺得妳舅舅也是幫凶。」

「你們也別再接他電話了，把他的號碼設定為拒接吧！」

「可是……」

「舅媽，我好累，我想休息了。」

「好好好，妳快去睡，不用每個月匯錢給我，表姊她們也都會給我零用錢，妳就多留些錢在身邊，想吃什麼就買，知道嗎？」舅媽叮嚀著我。

「嗯。」對她的關心，我很難無動於衷，我在紅了眼眶之前掛斷電話。

國中畢業典禮那天，同學們和爸媽開心地拍照，家長之間互相寒暄，只有我是自己一個人。不懂事的我，還在期待母親會來，但她始終沒有出現，最後來的人是舅媽，買了一束很貴的菊花，抱歉地開口，「海若，舅媽來不及去花店買花，今天剛好十五，在菜市場買菜，就順手買了……」

我收下花，哭著對舅媽說：「舅媽，下輩子我可以當妳女兒嗎？」舅媽紅著眼眶告訴我，「妳現在也像是我的女兒啊！」

原以為至少我還有舅舅、舅媽疼愛我，但表姊們對於這點不能諒解，為什麼是先幫表妹買電腦？為什麼是先給表妹買摩托車？為什麼我的爸媽竟然疼表妹超過自己？

為了不讓舅舅和舅媽為難，我和他們保持了距離，像是寄宿者般過著自己的生活，總是最後一個吃飯，自己洗自己的衣服，打工賺自己的學費。我連自己的母親也不願意依靠，畢竟在我戰戰競競過生活時，我的母親，還在等著自己的丈夫能回頭看她一眼。

現在工作穩定了，我能回報給舅舅和舅媽的，除了金錢以外，也想不出還有什麼了。

至於我的父母，我想不出我需要回報他們什麼。

人要真的被愛過，才會知道自己真的被愛，也值得被愛。

第二章

世界太小，而傷心太多。

睡得不好。

我總是睡得不好。一早醒來，就收到舅舅簡訊。

「海若，我還是把妳的電話給妳爸了，事情總是要解決的，妳好好跟爸爸談吧！」我看著手機螢幕，呆坐在床上整整五分鐘，然後把手機關機，起身走進浴室梳洗。

開車到工作室，今天比平常還早到，婆媽們大概都還在買菜或送小孩上課，培秀姊咖啡店裡的客人零零散散，安靜了許多，看得出來培秀姊很享受現在的清靜時光。

「海若早，我現在幫妳煮。」培秀姊對我揮手。

我點了點頭，站在一旁，翻著報紙看今天早上的新聞。

「培秀姊早。」丁熒的聲音突然在我旁邊響起。我懷疑自己的耳朵，抬頭一看，真的是丁熒。她也發現了我。我們看著彼此，丁熒對我說了聲早。

「早。」我回。

丁熒走向培秀姊，點了咖啡，「冰美式加冰。」

「女孩子家別喝這麼冰吧。」培秀姊叮嚀著。

「因為我想凍齡。」丁熒說著，培秀姊笑了。

丁熒總是能把身旁的人哄得很開心，大家都喜歡她。

「今天怎麼這麼早？」培秀姊問。

「因為等等可能有場仗要打。」丁熒看向我。

培秀姊一臉不解，丁熒也沒有解釋。我拿了咖啡，預付了下個月的咖啡費用後，走回工作室，我很清楚丁熒在說什麼。

屁股都還沒有坐到椅子上，丁熒就出現了。她走到我面前說：「要跟妳開會。」

我們三個人的座位分開擺放在辦公室的三個角落，中間放了張會議桌。我拿了紙筆，坐到會議桌前，丁熒也坐到我面前，把手上資料往我面前推過來。

我看見最上面的那一張宣傳DM，直接對丁熒說：「我拒絕。」

「怎麼？賣保險套錯了嗎？人家可是MIT，最近在台灣的銷量可是超越很多國外大廠，現在賞識我們，想一起製作七夕『精喜』聯名系列，為什麼拒絕？」丁熒不滿。

「我們品牌的風格一向標榜清新、自然，產品也著重在功能性上。現在要設計性感睡衣，跟我們一直以來保持的路線差太多了，不行！」我說。

「所以現在就是擴大市場的最好時機啊！」

「難道為了擴大市場，就不要品牌價值了嗎？」我說。

「沒有客戶哪裡的來的品牌價值，他們已經跟各大汽車旅館和連鎖飯店談好合作通路，我們藉助人家的福氣就可以叫好又叫座，為什麼不試？」

「不是試不試的問題，是跟我們風格不搭。」我不耐煩了起來。

「沒試過妳怎麼知道不搭？妳只是看不起保險套公司，覺得降低妳的設計格局而已。」她反駁。

「我沒有那個意思，對我來說，這種東西去情趣用品店就能買到一堆，既不實用又不好穿，反而會為品牌帶來負面影響。」

「妳是設計師耶，設計出性感又好穿的睡衣就是妳的任務，不是嗎？品牌的事，就讓我這個業務兼行銷來煩惱就好。」丁熒耐著性子繼續說。

「我還是不想接這個案子。」我淡淡地說。

「湯海若，妳以為現在是可以選案子的時機嗎？」丁熒拍桌，站起身火大地對我吼。

茉莉剛好進來，急忙拉住丁熒，「幹嘛這麼大聲。」

「因為她欠人家大聲啊！」丁熒說完就往外頭走出去。茉莉給了我一個微笑後，趕緊追上丁熒。

大門沒關上，兩人說話的聲音又傳進我的耳朵裡，清清楚楚。

「幹嘛對湯湯生氣啊！」茉莉問。

「我好不容易談到好的案子，她說不畫就不畫，妳以為現在找合作很容易，像去便利商店買御飯團這麼簡單嗎？」

「那妳好好說啊！」

「誰沒有好好說了？每次都因為她不想接，我們推掉多少機會了。」

「可是，有時候案子真的也不太ＯＫ啊！」茉莉緩緩說。

「那妳們去談啊！我們要不要來交換一下工作內容，去拜託別人給妳們機會，去看那些大廠牌的人看不起我們這種自有品牌的嘴臉，妳們要不要去欣賞一下？」

「丁熒，我知道妳很辛苦……」

「算了，妳們根本不知道，一個只想畫自己要的設計，不願意和市場妥協，一個只會在辦公室裡打表格、算數字，誰知道我昨天下午在那間公司等面談的機會，等到晚上十點半，才爭取到這個合作案，現在說不要就不要？」

我聽到丁熒生氣地踩著高跟鞋離去的聲音。

「丁熒！丁熒！」茉莉的聲音在外頭喊著，也追了上去。

我起身回到自己的位置上，卻什麼也不想做。這並不是我第一次和丁熒起衝突，老實說，我們兩個人起磨擦，一個月兩次以上都是正常的，就像她說的，設計和業務想的不一樣，設計想忠於自己，業務想迎合客戶，怎麼可能不吵架。

再加上茉莉考慮的是成本和預算，所以有時候開會，先是我跟丁熒吵，丁熒跟茉莉吵，茉莉再來跟我吵，吵到阿紫奶奶都會上來問我們需不需要拿菜刀打一架，她那裡有很多把。

雖然我們都曾經跟阿紫奶奶說要借，但都沒有用到。合夥創業要能走下去，無非就是吵完了仍要找出對公司最好的方式去處理。但今天吵完，卻感覺特別無力。

不到五分鐘，茉莉就回到工作室，我想是她沒有追上丁熒吧。我抬頭看她，她也看向我，想開口說些什麼，但又什麼都沒有說。我想她知道，不管說什麼，我都是這副死樣子吧。

阿紫奶奶興沖沖地拿了一疊紙走進來，身穿一件紫色和白色相間的洋裝，套了件白背心，外面又再加一件紫色外套，啊，她今天的風格是紫甘籃。

「茉莉、湯湯，快！熱騰騰的名單，隨便選一個，妳們下輩子都不愁吃穿。」阿紫奶奶得意地搖著手上那疊紙，好像在搖千元大鈔一樣。

我和茉莉淡淡地看了阿紫奶奶一眼後，就低頭做自己的事。我現在也不愁吃穿，反正我又吃得不多，日子能過就好，我這種命格，不適合當少奶奶。

辦公室一陣安靜，沒人回應阿紫奶奶。但別以為她這樣就會放棄，她馬上湊到茉莉面前，翻著名單介紹，「茉莉，妳看這個長得像不像玄彬？」

茉莉看了一眼，隨口回應，「像小小彬。」

阿紫奶奶再翻，「那這個呢？家裡是開連鎖超市的，品格好，又有能力，人家都說他長得很像那個砰砰砰的ＧＤ。」

茉莉又望了一眼，然後滑了下手機，遞到阿紫奶奶眼前，不耐煩地說：「這才是ＧＤ好不好！我建議那些人要去看一下眼科，ＧＤ？哼！像ＬＧ還差不多。」

阿紫奶奶露出困惑的表情，「ＬＧ是什麼？」

茉莉再滑了幾下手機，接著又把手機螢幕放在阿紫奶奶面前，上面是ＬＧ家電的

logo，「有沒有比較像？」

阿紫奶奶又驚又喜，「很像耶。」

茉莉一臉受不了，「阿紫奶奶，我要整理營業報表了。」然後低頭開始工作。

於是阿紫奶奶轉移目標來找我麻煩，她才剛翻開一張照片，還來不及開口，我就馬上回答，「不像。」

「湯湯，妳幹嘛這樣？看都還沒看。」阿紫奶奶不服氣。

「阿紫奶奶，我真的對結婚沒有興趣。」我說。

「不要結婚，那談個戀愛也好，同居也行啊，未婚生子也OK啊！」

很難想像這些話會從一個已經當奶奶的六十幾歲女士嘴裡講出來。

「都很好，但是我不想要。」我淡淡地說。

阿紫奶奶不死心，心急地想要再繼續翻那些名單給我看時，不小心推到了我的工作桌，咖啡就這樣打翻了。我趕緊抽起一旁的衛生紙擦拭桌面，茉莉起身去拿了抹布過來，阿紫奶奶也趕快幫我拿起桌上的東西和圖，突然嗅了嗅空氣說：「怎麼有個酸掉的味道？」

我和茉莉同時抬頭，看見阿紫奶奶手裡拿著的塑膠袋裡，裝著昨天中午茉莉幫我帶回來的雞腿飯，我一口都沒動，也完全忘了這件事。

「怎麼買了不吃啊！浪費食物的人，真的會下去地獄餿水堂，把你生前沒吃完的都吃完才能投胎喔！我可是沒有跟妳們開玩笑。」阿紫奶奶嚴肅地說。

但我不怕，我不會去餿水堂，因為我犯的錯更重。辜負別人好意的人，不曉得下地獄要去哪裡？但賣力付出卻不知道這造成別人負擔的人，就真的會上天堂嗎？

茉莉傷心地看了我一眼，拿過阿紫奶奶手上酸掉的雞腿便當，「我拿去丟。」

明明知道我就是這麼機車沒人性的人，為什麼要對我好，讓自己受傷呢？

我把桌子擦乾淨準備開始工作時，茉莉回到自己位置上處理報表，而阿紫奶奶又不知道什麼時候不見的，辦公室裡又持續了好一陣子的尷尬。我抬頭看了眼茉莉，她很認真地在按計算機，我掙扎了很久，打算跟她說一句道歉，最後還是沒有機會說。

不知道過了多久，茉莉走到我位置前。我抬頭看她，她把資料放到我桌上，「我去銀行後就直接下班，今天不會再進公司。這是近三個月的營報，讓妳看一下，我們現正被一連串的年中慶壓著打，本來想讓妳專心在設計和產品開發就好，但我覺得妳還得了解一下現在整個景氣有多糟。」

我看了桌上的報表，再看看茉莉，她繼續說：「妳還是可以有妳的堅持，我們都會支持妳的。丁熒就只是氣頭上而已……嗯，就這樣，我走啦，拜。」茉莉給了我一個微笑後轉身離開。我其實沒有仔細聽她講了什麼，因為雞腿飯湧起的內疚感，那句對不起還是卡在我喉嚨裡。

茉莉離開後，我看著桌上的報表，再看見其他品牌在同一間百貨的業績，我竟這樣發呆到了天黑，什麼也沒有做。突然公司電話響了，我在急促的鈴聲中回神接起。

「湯小姐嗎？」

「是。」

「我這裡是百麗，妳要看的蕾絲樣本來了。我們明後天員工旅遊，看妳晚上要不要先過來拿，如果不急的話，就等我們回來，妳再過來也可以。」配合的蕾絲廠商黃老闆在電話那頭說著。

「黃老闆，麻煩你等我半小時，我現在過去。」

我收拾好東西離開工作室，準時在半小時內，出現在老闆面前。拿了樣本，客套地寒暄了幾句後，走出黃老闆公司，站在門口看著下班的人群熙來攘往，覺得眼前的一切好陌生。

對我來說，每天的行程就是去工作室上班跟回家，上下班路線固定，也很少逛街，要什麼上網買就有。唯一偶爾會去的地方，也就只有巷口的雜貨店而已。看到街上的這些人，才發現我的世界外，還有一個我遺忘了很久的世界。

走到車旁，按下遙控鎖想打開車門，但後來我看著車子，忍不住再按了一次遙控鎖上車子。轉身左右張望著，徬徨一下，發現左邊的街道比較多人，於是決定往左邊走。不知道為什麼，今天突然很想去另一個世界停留一下。

吹著六月的風，看著晚間八點的夜空，腦子裡是丁熒的指責和茉莉拿著雞腿便當去丟的背影。情感若做出妥協，我怕自己會無法控制接下來的狀況，會往哪裡走，是好？是壞？

就像玉女歌手要不要穿得更裸露，都得經過一番掙扎。可能就此改變形象，吸引到更多人喜愛，但也有可能從此一蹶不振。要不要賭？接受茉莉和大家的關心，我有沒有可能可以幸福一點？還是會再經歷一次，像曾經的好友林曼如一樣，把我推進地獄？

我想不出答案。

而飢餓感也讓我沒有力氣再多想什麼。

今天，很想帶自己去吃一頓好吃的，但單身的人，總是很難面對一件事：當服務生問出，「請問幾位呢？」必須假裝鎮定地回答，「一位。」接著服務生看著滿室雙人座、四人座的位置，把你丟到四人的位置上，再補上一句，「待會如果有其他客人，可能要跟您併桌喔！」

單身的人就這樣，常被丟在一起。

所以我喜歡餐廳有吧台座的位置，而有吧台位置的，大多都是日本料理。不敢吃生食的我，總是只能點豆皮壽司，想想都覺得好笑。

「小姐，我們家的拉麵很好吃喔！憑ＤＭ還可以再打九折喔！」一旁有間新開幕的拉麵店，工讀生正拿著菜單跑到我面前宣傳著。

我轉頭看了拉麵店，裡頭有吧台座位，於是接過工讀生給我的ＤＭ，決定讓拉麵溫暖我的胃。

我要走進去時，一對男女正好走出來。我下意識往旁邊避，卻聽到有人叫我的名字。

「小若？」

而這個稱呼，只有一個人會使用，就是高中時的初戀情人。

但，不會吧？難得一次外食，就要把我逼到絕路嗎？

我抬起頭看到了謝天宇。他和我一樣三十歲了，變了不少，眼睛裡的光芒淡了，這我能理解，畢竟歲月就是一種消耗。背駝了點，這我也能懂，畢竟現實也有它的重量，一日比一日重。

「我……妳，呃……」十二年沒見了，的確可以理解他為什麼這麼尷尬。

他身旁的女人看看他再看看我，眼珠子轉來轉去。女人與生俱來的警戒信號，在那個女人身上響起。好久不曾經歷這種攻防戰，我忍不住笑了。

「老公，這位是？」女人假裝鎮定地問。

不想折磨誰，包括我自己，我淡淡地對謝天宇說：「你認錯人了。」原本想吃拉麵的心情頓時化為烏有。我轉身離開，身後卻傳來謝天宇對自己老婆說了句，「妳在這裡等我一下。」

「小若，我們能談談嗎？」

煩。我加快腳步，他卻比我更快，一下子就站到我面前。

「我不是小若。」從他以後，就沒有人這樣叫過我，而我早也不是當時的小若了。

「我可以和妳談一下嗎？」謝天宇面露笨拙無措的表情，還是和十二年前那個晚上一模一樣。

在大學學測的前一晚，謝天宇跑來找我，我拿著數學課本衝下樓找他。會和他談戀愛，不是因為他是全班第一名，就只因為他被老師叫上台解數學題時，站在黑板前，邊思考邊用食指在空氣中畫來畫去的樣子好有魅力，那一瞬間，我就喜歡上他了。當他在一年級上學期結束跟我告白時，我馬上答應，之後我的數學成績隨著和他之間的感情突飛猛進。

「你來得剛好，這題好難，你算一次給我看。」我撒嬌地把考古題遞給他。他愣了一下，然後仔仔細細算給我看。但我忍不住分心，看著他修長的手指又在空氣中比畫的模樣，可愛得不得了。

我情不自禁握住了他的手，十指交扣。他看著我又愣了一下，我笑著說：「你不能考得太好喔！這樣我們就不能上同一間學校了。」

但他講了幾百次的固定台詞，「我只會跟妳上同一間學校。」這次沒有出現，而是放開了我的手，對我說出，「我們分手吧！」在我還沒有回神時，他已經騎上他爸爸的摩托車落荒而逃。

我的腦子一片空白，就像是凌晨電視台收播時，螢幕轉成藍色畫面再加上長長的嗶聲，好像生命到了盡頭。那時候的我，十八歲的我，被拋棄的我，過了好一會才往前追去。

我跑了二十分鐘，連拖鞋掉了自己都不知道，只覺得腳底板踩在柏油路上有點痛。到了他家門口，我按了門鈴，是謝天宇的媽媽來開門，然後告訴我他不在，要我先回去，但我不肯，他媽媽也沒有讓我進去。我知道她一向不喜歡我，她常跟學校老師說我媽有病。我聽到過幾次，然後假裝沒有聽到，繼續和她兒子戀愛。

我在門口等到半夜，仍沒有看到他，或許是謝天宇，也或許是他媽，後來通知了我舅舅來帶走我。那一整晚我都沒有睡，撕爛了所有數學試題卷，沒有掉任何一滴眼淚，只是生氣，只是憤怒。

隔天我考糟了，非常糟。

接下來到學校上課時，我和謝天宇都當作看不見彼此，我沒有再問他為什麼要分手，因為我不想像我媽那樣執著，直到畢業，我們一句話都沒有再說過。

於是，我失敗的初戀，讓我進了三流大學。當我看到成績單，我再次衝到謝天宇家，用盡我全身力氣敲打他家的大門，他還是沒有出來。幫我向他媽道歉的人，還是舅舅。

舅媽說要不重考吧？

我拒絕了。重考沒有意義，事實上，所有發生在我身上的事，都沒有意義。

念大學時，我每天都在恨謝天宇，花了好多時間詛咒他。我覺得，我這麼痛苦有一半都是他害的。但年紀越大才發現，害我的人，其實是我自己。

我花了很多時間在埋怨別人，而現在，除了埋怨別人，我花更多時間抱怨我自己。

我討厭謝天宇為什麼非得要在考試前一天跟我提分手，就不能等考完試嗎？我更討厭我自己，為了眼前這個男人，為了一段兩年多的感情，放棄讓自己變得更好。

愛再多，是不是也沒有用？

愛再深，是不是比地獄深？

很多人說，也有很多文章寫，受傷過後，就能成為一個更好的人。但我為什麼不能不要受傷就成為一個更好的人？愛情這道傷口，從來就沒有讓我更好過。

我苦笑。

「方便嗎？」三十歲的謝天宇喚回我的思緒。

「不方便，事實上，我不認為我們之間還有什麼好談的事，那些過去，我不想再想起。」我淡淡說完後，轉身離開。

謝天宇著急地從後頭拉住我的包包，用力過猛，包包的背帶竟在這時候代替我脆弱地斷了，裡頭的東西撒出來掉了滿地。

「抱歉！對不起，我不是故意的。」謝天宇急忙蹲下去想幫我檢東西。

我一肚子火衝上腦門，對著他吼，「不要碰！我自己撿。」

他愣住了，動也不敢動。我快速地撿完所有東西，抱著包包，對一臉驚魂未定的他說：「以後在路上遇到，就當不認識，我們沒有交集的必要。」我瞪了他一眼後，快速往我的車走去。

開車回家的途中，都在罵我自己為什麼不回家吃泡麵，硬要在外面吃拉麵。好了吧，什麼都沒吃，還遇上了這輩子都不想再碰到的人清單中第三名，初戀男友謝天宇。

「去你媽的。」我在車上大吼完，才抱著壞掉的包包下車。

拖著疲憊的步伐，走進雜貨店內，又選了幾瓶酒和一些零食，老闆娘萬年失業的兒子阿雄走出來幫我結帳，手裡拿著平板在玩遊戲，耳旁又夾了支手機在通話。

「我就是不想上班嘛！」阿雄對電話那頭說著。他是個活得很坦率的人，好像大我五歲吧！從我大學讀書到現在，我看他都在家，除了他去當兵的那一年多。

阿雄看了一眼我買的東西，對我說：「一百五。」接著又繼續通話，「我要在家啦！」

我丟了五百在桌上，帶走我買的東西。以他這樣亂算，老闆娘再有八間店都不夠賠，也算是補貼一下老闆娘平時對我的照顧，重點是阿雄也沒有想要跟我算清楚。我覺得這樣很好，我一句話都不想多說。

回到家，澡也沒有洗，喝了好幾瓶酒，累到癱在床上，看到了早上被我關掉電源故意不帶出門的手機。我默默按下電源鍵，我知道逃避總是一時，但太清醒地面對，我又沒辦法平心靜氣。現在酒意正濃，感覺正模糊，就是最好的時機。

訊息提示音響起。

我沒有什麼朋友，所以找我的人不會太多。這一天也就只有幾通未接來電，是同一組未知號碼，還有兩則短訊。

一則是我父親傳來的，「好好勸妳媽跟我離婚，兩個人這樣耗著也沒有用。」失聯了這麼多年，我的父親一句對我噓寒問暖的話都沒有，開門見山就是要我媽跟他離婚。這樣的男人竟能讓我媽等他一輩子。謝天宇他媽媽真是先知，我媽真的有病。

本來想刪掉簡訊，後來還是決定留著，就像我留著那些壞掉的傢俱一樣，我需要被傷痛提醒。

而另一則，是陌生號碼傳來的，只有三個字，「你去死。」

我回撥電話，卻直接轉語音信箱。我想問對方，為什麼用了我的台詞，通常都是那些傷我的人讓我痛到受不了，我才會想叫那些人去死，難得有人對我這麼說。

我傷了誰？

只有愛才具備傷人的力量，沒有人愛我，又怎麼會有人因為我而受傷。傳錯的吧！我想，於是我刪掉這封簡訊，又多喝了幾瓶酒後，才昏昏沉沉睡著，而且睡得很好。

我不管多晚睡，或是多早睡，都會固定八點多就起床，生理時鐘就好像固定在那裡。幸好對我而言，每天都是上班日，我這個人不需要假日。

梳洗完換好衣服，也換了個包包，順手把舊的帶下樓準備丟掉。結果樓下的回收垃圾桶居然不見了，我記得去年我拿一堆雜誌下來丟的時候還在啊，什麼時候移走的我完全沒有發現，我想，我只能帶去工作室的回收桶丟了。

我走在巷內，準備要去開車時，沒發現自己腳上牛津鞋的鞋帶鬆掉了，就這樣踩到絆了一下，整個人差點摔倒。幸好我反應很快，趕緊伸出右手扶住停在一旁的車子。但提在手上的舊包包鐵釦也撞在那台車子上，發出了很大的聲響。

砰！好大一聲。

我嚇了一跳，趕緊查看烤漆有沒有怎樣。還來不及細看，就有一道聲音在我背後冷冷地響起，「小姐，妳為什麼要用包包打我的車？」

我回過頭，有個男人一副痞樣，雙眼刻薄地看著我。他雙手抱胸下巴抬高，一整個要找我算帳的預備姿勢。

「我只是差點跌倒，伸手扶了一下。」我也冷冷回應。

他走到我面前，瞥了我一眼，用鼻孔瞪著我，接著彎腰察看著他的車門，生氣地指著車門上大約〇．五公分的小刮痕，「用扶的也能扶出一個洞，請問妳是鋼鐵人？」

我真心懶得跟他解釋那麼多，我從沒壞的那個包包裡拿出紙跟筆，抄了我的電話給他，「費用我會付。」

他拿過紙條，看了一眼，冷哼一聲，「誰曉得妳留這是真的電話還是假的電話？都已經二〇一七年了，我以為詐騙集團手法也應該更進步啊。」

要不是因為那個刮痕有百分之九十九真的是我造成的可能性，我多想從我包裡拿出大頭針縫他的嘴。但我有錯在先，所以我可以忍。深呼吸一口氣後，我保持平靜地說：「你可以用你的手機撥看看。」

他上下打量了我一番，用著不可一世的表情開口說：「難道這是妳用來跟我要電話的搭訕方式？」

我看著他的臉，握起的拳頭放了又緊握，握緊了又放，掙扎著是要叫他去照照鏡子，還是先給他一巴掌，不曉得哪一種可以讓他比較快清醒。

「我是不是說對了？」他不屑冷笑。

下一秒，我直接伸手拉著他往巷口走，「妳幹嘛？」他嚇了一跳，甩掉我的手，但他真的惹到了我，我火大地再次抓住他的手，非常認真對著他說：「跟我走。」

他愣住了，被我往巷口拖，然後左轉走到郵局的ATM提款機前，「妳幹嘛？這是詐騙新手法嗎？接下來妳該不會說，先生，你可以給我帳號嗎？我現在轉帳給你。這招沒有用了。」

我沒理他，拿了我的提款卡出來，然後領出三萬塊，塞到他手上，「以你的車型來看，單門烤漆三萬塊有找，多的就讓你去看醫生，不用謝我了。」

我轉身要離開前，又回頭對他說了一句，「記得掛精神科。」

然後我今天也沒有開車的心情，以我現在的火氣，很有可能會閃神撞上路人。雖然不滿意自己的人生，但我並不想坐牢，於是隨手攔了輛計程車就坐了上去。

到工作室的路上，我不斷安慰我自己，「沒關係，花錢消災。」

下車後，我連培秀姊煮的咖啡都不想喝，直接上樓。二樓仍然傳來爸媽們高談闊論，說著自己兒子女兒有多好。這麼愛自己的小孩，為什麼要逼他們上絕路？單身真的沒有不好啊！

走進工作室，茉莉已經來上班了。她抬頭微笑，對我說了一聲早。我點點頭，往自己的位置走去時，腦子裡又跳出雞腿飯的事，轉頭想向她說句道歉，她正好起身。

「丁熒今天不會進公司，我要去一趟勞保局。」茉莉微笑對我說完，就走出工作室，而我的那句道歉終究沒有說出口。

這種感覺真的很複雜，明明不覺得自己有錯，卻不停地湧出愧疚感，讓我很難應付及調適。

我坐到位置上開始工作，準備拿出昨天去蕾絲廠拿回來的布樣來做新產品的樣本。翻了包包，才發現根本不在裡面，而且早上換包包時，我也沒有印象看到那幾捲蕾絲。

昨晚被謝天宇扯斷包包的記憶突然竄入，一切都得到答案，我想應該是那時急著走沒有撿到，也可能是掉到別的地方去，而我沒有發現。

打算撥電話去廠商那裡再加訂，才想起今天他們員工旅遊。我為自己的愚蠢嘆了好大一口氣。

一事無成，今天。

公司電話鈴聲突然響起，我無力地接起，是某個通路客戶要問出貨進度，「我打過電話給丁小姐，但她沒有接，後天櫃位改裝完成，我們希望明天可以收到貨，可以幫我查一下有沒有寄出嗎？」

「好，我查一下後，再回電給妳。」留了電話後，我走到丁熒的位置上找出貨單。丁熒的個性非常大剌剌，但她的文件和桌面總是整理得非常整齊，每個層架上有什麼都標示得很清楚。我看到了她桌上放的那個檔案夾，就是保險套公司聯名設計的案子。

前天，我連翻都沒有翻的那個檔案。

我的手不自覺地翻了起來，眼睛也不自覺緊盯著丁熒做的企畫書，每一個文字和數字，每個統計圖表、每個分析預測，還有一篇設計師的簡介，佔了兩、三頁，把我寫得一點都不像我，就像這句「設計師內心溫暖」……

有嗎？我是個完全不溫暖的人啊！丁熒為了拿到案子，還真的是什麼話都講得出來。

看完企畫書，我不敢保證這個案子我能做得夠好，但我知道丁熒真的很想要這個案子，而且她的企畫真的做得很棒。

她嗆我的那句，「妳是設計師耶，設計出性感又好穿的睡衣就是妳的任務，不是嗎？」

這突然激起了我的勝負欲。於是我把企畫書拿在手裡，繼續找那張出貨單，看到出貨單上的出貨日期是今天，拿起丁熒桌上的分機，回撥電話給通路，告訴對方出貨細節。掛掉電話時，我看到了一旁的相框裡放著丁熒和茉莉的合照，而合照中間貼了張我的大頭照。

是最醜的一張。我不知道她去哪弄來了我身分證影本的大頭照，就算是彩色影印，也掩蓋不了我的醜。本來可以重拍的，但我這種常常放棄世界的人，當然就想說算了，結果醜到現在。

有種陌生又熟悉的情感，在要重新萌芽之前，我趕緊放下相框，走回自己位置上，把專注力再放回工作上。

忙到一半，丁熒突然走進來。我嚇了一跳，和她四目相接。原本想說點什麼，她看起來也想說點什麼，但最後我們什麼都沒有說。丁熒走回到她自己位置上，翻著她的名片簿對著空氣說：「有幾個銷售點打來要追加數量，我回來查庫存。」

我不知道要不要回應，但有些事情就是一個時機，差一秒都不行。如果我一秒前回應她，應該她就沒事了，我也沒事，但我偏偏一秒後才想到要回應，過了那個黃金交叉點，就什麼都太慢了。

我邊剪著布樣，邊聽她和客戶的對話，沒多久後，丁熒起身拿了她的東西往外走，邊走邊對空氣說：「我去客戶那裡了。」

就是這一秒，我喊了她的名字，「丁熒。」

她愣了一下，停住腳步，轉過頭看我。

我對她說：「Highlight 的案子，可以試看看。前天我沒有把企畫書看完就直接拒絕，是我不對，抱歉。」其實我沒有打算講這麼長，只是想講到可以試看看，後面那句一定是有人附身在我身上講的。

丁熒對我露出笑容，點了點頭，「那我趕快跟負責人聯絡一下，找時間過去跟他聊一下設計方向。」

我點了點頭，似乎也露出一點微笑。我並不知道，因為我看不到自己的臉，但我可以感受到的是，丁熒的笑，不只是因為我答應要接那個案子，而我的笑，也不只是那樣。

「請問，湯海若在嗎？」這句話拉開我和丁熒的對視，我們兩個同時看向大門。

謝天宇竟站在門口。

丁熒看了看他，再看看我，問謝天宇，「有什麼事嗎？」

謝天宇看著我，「我有事找她。」

丁熒沒有說什麼，她走回自己位置上，把包放下，打開電腦做自己的事。這一刻我突然很感謝她，雖然她不知道謝天宇是誰，也不知道我們之間發生過什麼，但她沒有丟下我一個人。

我深呼吸一口氣，走到謝天宇面前，壓低音量說：「你到底要幹嘛？」

謝天宇把那幾捲蕾絲遞到我面前，我看著蕾絲上面有張紙條，寫著「WeUp 內衣樣品，湯小姐。」難怪他能找到這裡。我把蕾絲接了過來，說了聲，「謝謝，你可以走了。」

「對不起。」謝天宇這次沒有管我要不要聽，直接向我道歉。

「我聽到了，你可以走了。」我說。

謝天宇滿臉歉意，「小若，這十幾年來，我一直想找妳，但妳都沒有回家，舅舅他們也不肯把妳的聯絡方式給我。」

我只能冷笑一聲，「當初那麼堅決分手的人，有什麼好道歉的？你現在一直出現在我面前，只是在提醒我，十幾年前的我怎麼那麼蠢，考試沒考好就算了，還為了你要死要活。算了，已經過了，道歉不必，也太晚了。」

謝天宇往前一步靠近我，「我知道，都是我害的。」我也忍不住後退了幾步。他繼續說：「我知道要妳原諒我很難，但是如果可以，我真的很想彌補我犯的錯。」謝天宇越說越激動，他伸出手想握住我的手。丁熒不知道什麼時候走到我們兩個旁邊，狠狠地拍掉他的手。

「講話就講話，不要動手動腳。」丁熒瞪了謝天宇一眼。

謝天宇再一次道歉，「對不起，我只是看到小若太開心了。我以為這句對不起這輩子都沒有機會講了。」

「講完就可以走了吧！這裡是營業場所，不是讓你開道歉大會的場地。」

丁熒的提醒讓謝天宇發現自己失態，又一次向我們道歉，「對不起、對不起、對不起！我真的不是故意的，給妳們帶來困擾，真的很抱歉。」接著很恭敬地九十度鞠躬，我看得出來謝天宇對我有很深的歉意。

但過那麼久了，我不想折騰誰，更不想折騰我自己。

放過彼此吧。

「你的道歉我收到了，也沒有什麼好彌補的，你回去吧！」我說。

「可是我還有……」

「還有什麼？是還有什麼？湯湯都不跟你計較了，你別來煩她了，走！」謝天宇的話被丁熒打斷，丁熒把謝天宇推向門外，我也轉身回到我自己的位置上假裝忙碌。眼角卻仍瞄到謝天宇離開時的一臉無奈。

丁熒也回到自己位置上，我一方面慶幸剛有丁熒在，但另一方面，我的私事也是第一次在同事面前曝光，我希望她什麼都不要問。

接著就見丁熒拿了自己的包包，邊走邊對空氣說：「我就在附近，如果有什麼事可以打電話給我，還有，我今天沒有進公司，剛發生什麼事我都不知道。」

我看著她的背影，聽著她的高跟鞋聲遠去。

最後，忍不住笑了。

傷心或許和星星一樣多，但夜晚總是會過的。

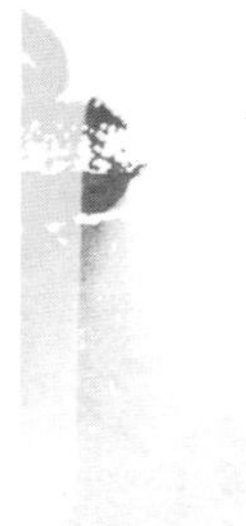

第三章

愛我的人，和我恨的人。

丁熒離開工作室沒多久後，我也離開了。

今天不是個適合上班的日子。

我的確沒有想過這輩子還會遇見謝天宇，更沒想過會在台北相遇。他家在苗栗開了間餐廳，我以為他會接手家裡傳承下來的事業。總是這樣，我們年輕時的想像，都只能停留在年輕的時候。

回到家附近，一樣在巷口下車。經過對面公園，看著我曾經醉死，倒在上面睡過的長石椅，人總得留下一些可笑的回憶，好來娛樂自己。

照舊走進雜貨店裡買酒。今天仍是阿雄顧店，卻坐在客廳裡顧店。他從紗門看到我，在客廳大聲對我說：「拿完錢放桌上就可以了。」接著就聽到他和一些朋友在看足球賽熱烈討論的聲音。

宅成那樣的阿雄竟然有朋友？

對比之下，我的自尊因此狠狠被刺傷。

不開心地多拿了幾瓶酒，把錢放在桌上時，老闆娘突然走進來。她看著我手上抱的那堆酒，笑著說：「難得看妳帶朋友回來耶，少喝一點啦！喝之前也要吃點東西，知不知道？」

「我自己要喝的。」我說。

「外面那個在等妳的，不是妳朋友嗎？」

我搖了搖頭，「我自己一個人啊。」

老闆娘疑惑地走到門口，左右張望了一下，然後轉頭過來面向我，「怎麼可能，剛我回來的時候有個人站在外面那邊，一直往這裡看，就在看妳啊！不是在等妳喔？」

我搖了搖頭。

我湯海若這輩子還沒有真的被誰等過，都是我在等待，等待有一天真的能好好被愛著。過了好久，才發現那一天根本不會出現。那些少女心的幻想，終究通過現實幻滅，這就是長大吧。

「可能是妳看錯了。」我說，然後把酒放進我的大包包裡走出雜貨店。

一回到家，鞋子都還沒脫，包裡的手機就響了。我在一堆酒裡翻找著手機接起。

「我是媽媽。」電話那頭的人這麼說。

我深呼吸一口氣，淡淡地問：「有事嗎？」

我已經記不起來她上次打電話給我是什麼時候了。

兩年前？還是三年前？我可以肯定的是，不是去年。因為去年是我最清醒沒醉死的時候，是我最拚命工作，覺得可以開始好好活下去的時候。所有的辛酸，我記得很清楚。

「妳爸有沒有跟妳聯絡嗎？」媽媽的聲音一向溫柔，卻總是只提起父親。

「到底有什麼事？」

「他都跟妳說了些什麼？」

「說了什麼很重要嗎？」

「我不會和他離婚的。」媽媽說。

我冷哼一聲，這件事誰不知道。

「那就別離。」

「那妳幫媽媽勸勸他，別離婚。」

「妳現在才想起來妳是我媽呀？」我止不住冷笑。

「我沒有你爸會死的，我真的會去死。」媽媽哽咽地說著。

「我不會阻止妳。」

我不再多說，直接掛掉電話，然後告訴我自己，那不是我媽，因為真正的媽媽不會在小孩面前說這樣的話。我應該是撿回來的，石頭蹦出來的，水龍頭流出來的，無論哪一種，都比她懷胎十月生下來的可能性強。

無奈和憤恨還找不到地方發洩，我的手機又響了，這次是舅舅打來的。

「海若啊，妳媽和妳說了些什麼啊？怎麼在房間裡哭得這麼厲害。」舅舅小心翼翼地問著。

「她說要去死。」我說。

舅舅在電話那頭一愣，生氣地說：「妳媽真是不懂事，怎麼可以這樣？妳不要難過，她情緒本來就很不穩定，說說氣話而已，我明天再和妳舅媽帶她去看醫生。」

「你和舅媽都別忙了，她真的要死就去吧。」

「海若！」舅舅大聲喝止，「妳怎麼可以這樣說自己媽媽？」

我嘆了口氣，「舅舅，你不累嗎？看她這樣活著，你不累嗎？可是我很累，真的很累很累。」

很累，說不完的累，也說不下去。我掛掉電話，鼻子泛酸，湧到眼眶的淚水硬是被我忍住。我不想哭，今天晚上就算再委屈，也不想為了誰流淚。

不知道喝到了第幾瓶酒，我才睡著。

隔天醒來時，床旁邊的酒已全空，剩下了一堆空酒瓶。我把它們掃到一邊去，整理梳洗換衣服準備上班去。開著車坐在車內，車身過度震動著，我忍不住打了個嗝，酒酸味頓時充滿車內。

差一點沒被自己的嗝給臭死。

人生裡的很多麻煩，就跟這個嗝一樣。原以為喝了一堆酒就過了，誰曉得會突然打出一個又臭又酸的嗝，嚇死自己。

到了銀河大樓外，停好車後，我下車關上門。才剛按下搖控鎖好車，轉身差點沒被阿紫奶奶嚇到把昨天喝下的酒全吐出來。

完全無聲無息。

我不曉得她什麼時候站在我背後不到十公分處，一張塗了太多ＢＢ霜的臉，和脖子色差好明顯，還有走在時尚很前面的大紅唇。身上穿著一件紫色蓬蓬袖上衣，搭配同色系的長窄裙，圍了條綠色的絲巾，今天的風格就是兩個字：葡萄。

比幾天前那套茄子裝好一點。

我閉上眼，順了順胸口那股驚嚇後的餘波，盡量保持冷靜地說：「阿紫奶奶，下次可以請妳出點聲音嗎？」

阿紫奶奶笑了笑，轉移話題，開始八卦了起來，「昨天那男的是誰？」

「哪個男的？」

「上樓找妳那個男的啊！」

我愣了一下，阿紫奶奶說的該不會是謝天宇吧！

「廠商。」我說。

「看起來不像耶，他還叫妳小若耶，我都沒有叫妳小若，他憑什麼這樣叫妳？我以後也要叫妳小若。」阿紫奶奶真的很容易歪樓。

「不行。」

「那妳告訴我那人是誰？」

「是誰很重要嗎？」我有點不耐煩了。

阿紫奶奶突然一個跨步站到我面前，紅唇就近在我眼前。我嚇得退後一步，卻撞上我的車。我就被困在阿紫奶奶和車子中間。「幹嘛啦？」我生氣地說。

「很重要，真的很重要！妳一定要告訴我那男的是誰！」這是我第一次看到阿紫奶奶這麼嚴肅，我愣了一下，但還是不想說。

「那是我的私事。」

「但那是我的公事！」

我和阿紫奶奶莫名其妙地對峙了起來，而且還是為了一個十幾年不見的人。我真的覺得很荒唐。

「分手的前男友？什麼時候分的？三年前？」阿紫奶奶突然問。

我看著阿紫奶奶感到震驚，這樣也被她矇到？她常說自己是幫老天爺做事的人，所以有很多別人想不到的能力，我不知道她還能預測過去，但我還是不會相信。

我仍覺得阿紫奶奶是運氣好才猜對了。

三年前我的確分手了，一段談了四年的感情，最終摧毀了我對愛的所有期待，那些糾纏、那些痛苦、那些傷痛、那些背叛，是我這輩子最大的教訓。我很想忘，卻記得很清楚，我不想忘，它也越來越清楚。

我的地獄。

「不是。」我發現，自己想起那些事時聲音仍會顫抖。

一聽完我的回應，阿紫奶奶嚴肅的表情瞬間消失，換上平常我們熟悉的樣子，笑嘻嘻的，「不是就好了。不是的話，離這男的遠一點，反正沒有什麼結果，知道嗎？」說完，還伸手摸了摸我的臉。

我覺得不舒服。

「乖。」她再摸了摸我的頭之後才肯放過我，退後一步，讓我有喘息的空間。

要不是看在她年紀大，我真的會出手。

我生氣地把衣服整好，很認真警告阿紫奶奶，「不管怎樣，妳只是我的房東，我的私事，希望您不要管太多。」

阿紫奶奶很敷衍地點了點頭，「嗯。」

我看著她，生著自己的氣。何必浪費口水和時間，阿紫奶奶要是會聽，這世界就有鬼。

我不想再理她，準備走進工作室時，阿紫奶奶竟拍了我的屁股，俏皮地對著我說：「湯湯，上班加油啊，幫我設計一套內衣來抵房租，我三圍是……」

不想聽，所以我走得像飛一樣。

逃進了工作室，才剛放下包包，茉莉的聲音突然在背後出現，「剛阿紫奶奶跟妳說什麼？為什麼妳們的表情不太對勁？」

我嚇了一跳，轉身看到茉莉一臉好奇。

「沒什麼。」

茉莉自討沒趣地回到自己位置上開始工作。我則是掙扎著晚上要不要去收驚，這才多久時間，我就被嚇了幾次。

我坐回位置，發呆了好一會，甩去腦子裡那段傷心的回憶，才能撫平情緒，開始找新案子的資料和靈感。

沒多久，丁熒又一副宿醉的模樣走了進來。茉莉也同樣開始泡蜂蜜水和遞毛巾，但丁熒看起來並沒有沒有比較好，整個人癱在座位上，快要睡著的樣子。

「妳這樣子，昨天是喝了多少啊！」茉莉生氣地捏了下丁熒的臉。

「昨天開心啊，我心情好，就多喝了幾杯。坐一下就好了。」丁熒揮走茉莉的手，茉莉也懶得理她，回到自己位置上。丁熒就這樣睡著了，甚至開始打呼，我默默拿起一旁的耳機戴上。

我們三人各忙各的，一直到下午一點多，茉莉走到我面前敲了敲桌子，我才抬頭將耳機拿下。

「我去買午餐，順便幫丁熒帶一點，妳想吃點什麼嗎？」茉莉問著我，臉上帶了一種反正會被拒絕，只是順便問問，沒有任何期望的表情。

「都可以。」我說。

但我其實是想說，不用了，只是不知道為什麼口腦行動不一致。

茉莉先是愣住，接著露出燦爛的笑容，用力點頭說：「好！」然後興奮地跑了出去。

我看著她的背影，突然有點想哭。能這樣不計一切為別人付出的樣子，好漂亮、好美麗。希望她的單戀可以得到一點神的眷顧，她跟我不一樣，我不是什麼好人，所以我這樣憤世嫉俗地活著，理所當然。

但那些認真又熱情對待生活的人，需要被好運鼓勵。

丁熒的打呼聲讓我回神，我戴上耳機繼續工作。

沒多久，茉莉回來了，開心地提著大包小包放到中間的會議桌上，然後對著我和丁熒喊著，「我買午餐回來了，快來吃！湯湯，快來。丁、熒！妳是還要睡多久啦！」

丁熒被茉莉吵醒，心不甘情願地伸了個懶腰，頓了一下才說：「好啦，我去洗臉。」

我起身走到會議桌前，看著佔去大半桌面的食物，覺得不可思議。

茉莉笑著對我說：「不知道妳想吃麵還是吃飯，所以我什麼都買了一些。有牛肉麵、什錦炒麵、豬排飯、三鮮炒飯、我還買了水餃和小籠包。對了，上次看過妳吃河粉，剛才經過看到也順便買了。」

「這太多了。」我說。

「沒關係，吃不完的我再帶回去，當然能吃完最好！」茉莉邊說邊把食物拿出來。我不知道有多久沒看過整桌的食物了。

我拿了炒飯，想走回自己位置上吃，茉莉問我，「妳不跟我們一起吃嗎？」

丁熒也走了過來，拉了張椅子，拿起茉莉準備的環保筷，挾了顆水餃塞到自己嘴裡，口齒不清地對茉莉說：「她要在哪吃，她開心就好。」

我走了兩步，又走回到會議桌前，也拉了張椅子坐下，開始吃起炒飯。我不知道我今天怎麼了，也不想知道，就隨便吧！

茉莉見我坐下，高興地把水餃、小籠包都往我面前推，「湯湯，多吃一點。」

丁熒拍了茉莉的手，「妳都拿走了，我是要吃什麼啦！」

兩個人又開始吵起來。我懶得理她們，開始吃午餐。我想，這應該是我這幾年來，吃過最好吃的一次炒飯。

吃飯時，丁熒和茉莉聊著公事，偶爾問我的意見，我也順著回話，但聊到私事，聊到茉莉的阿泰學長，聊到丁熒的戰績，這我就沒辦法參與。

「妳是還要暗戀多久，表白啊！快點！」丁熒嗆著茉莉。

茉莉也不客氣地回她，「妳是還要玩多久，快點收山啊！再過幾年，妳年紀大了，我看妳還有沒有力氣玩。」

「喂，妳身為女人，還歧視女人的年紀！」

「我沒有，身為妳的朋友，我只是實話實說。」

「誰跟妳說人老珠黃就不能出來混？妳難道不知道混跟年紀沒關係，跟態度才有關係！」丁熒不服氣。

「男人永遠只愛嫩妹，這就是現實，就像我們每天活著都要吃飯睡覺的這種現實。」茉莉反駁。

「現實，只是我們自己的選擇。不然妳努力那麼多年，阿泰學長還不上勾也是一種現實，妳幹嘛還要繼續愛下去？」

茉莉的表情變了，丁熒完全沒有發現自己剛潑了好大一盆冷水在茉莉頭上。這就是我最討厭處理的人際關係，總是會不經意傷害了某些人，也會被某些人故意傷害。

獨來獨往最好。

「和 Highlight 約好時間了嗎？」我不知道自己為什麼要蹚這灘混水，但我實在很想轉移話題，解救神經大條的丁熒也好，解救莫名中槍的茉莉也好。

丁熒急忙把口中的牛肉麵吞下，「妳沒問我還忘了，約好了，明天早上九點在 Highlight 辦公室，但我晚上有局，明天早上應該起不來，妳自己一個人沒問題嗎？」

我點了點頭，丁熒不知道，我其實都是自己一個人啊！

茉莉的低落來得快去得也很快，她驚訝地問：「湯湯，妳答應要接這個案子了？」

「嗯。」

「怎麼會？什麼時候？我都不知道？」茉莉又驚又喜。

「覺得可以試試。」我說。

「太好了。」

茉莉開心地看看我又看看丁熒，表情好滿足。林曼如的臉，突然和茉莉的笑臉重疊，我嚇了一跳，筷子掉到了地上。

她也曾像茉莉一樣，對著我如此燦爛地笑過。

茉莉趕緊撿起筷子，拿到洗手間去洗。丁熒好奇地看著我，「怎麼了，妳臉色有點差。」

我搖了搖頭。

雖然林曼如給我的傷害我沒有忘記過，但這麼突然在我眼前浮現，還是讓我痛得有點措手不及。

我吃不下了，起身收拾，回到位置。洗好筷子的茉莉回來，「不吃了嗎？還有很多耶，再多吃一些啊！妳工作這麼燒腦。」

「她吃飽了。筷子給我，我的剛才也掉了，幫我拿去洗。」丁熒打斷茉莉，拿著手上的筷子搖著。

茉莉一臉受不了地把筷子和丁熒交換，然後又跑了出去。

我看著丁熒，她也看著我，她假裝疑惑地問：「幹嘛？」

我搖搖頭，對於她的解救和不多問，我很感謝。

回到位置上，我開始工作，茉莉和丁熒的午餐時間也很快就結束，回到各自崗位處理公事。茉莉要去銀行，先離開了。丁熒要去找客戶，沒多久之後也離開。工作室剩我一個人，一直到天黑，一直到肚子又餓了，一直到我準備好了明天要開會的內容，我才起身準備回家。

下了樓，培秀姊正清掃著店門口，準備打烊。「下班啦？」培秀姊笑著問。

我點了點頭。

「等我一下，我剛試煮了新的咖啡豆，是妳喜歡的偏酸味，我去倒些給妳。」培秀姊放下掃把就跑進店裡。

可是，我想說不用了。

年紀輕的時候，對咖啡因很無感，在之前的公司上班時，不管喝多少咖啡或茶，晚上照樣能睡死。現在只要過中午還喝咖啡，晚上就得在床上躺到半夜才有辦法睡著。身體跟時間一樣，總是不放過我們的衰老。

培秀姊拿了杯咖啡出來遞到我手上，「還有點燙，小心點喝，開車也要注意安全。」

我點點頭，「謝謝培秀姊。」

於是我上車，把咖啡放到杯架上，包包放到副駕駛座，發動引擎，離開這條只有這棟大樓的大馬路。

咖啡香不時引誘著我，每次停紅綠燈，我都在掙扎要不要喝一口。眼看前方綠燈就要轉成紅燈了，我已經受不了誘惑了，反正真的睡不著，再喝幾瓶酒助眠就好。

於是我拿起咖啡，緩緩踩下剎車時，突然有一對男女從旁邊的人行道直接衝到我的車頭前方。我嚇了一跳，趕緊用力踩下剎車，然後手上的那杯咖啡，被我緊張地一捏，杯蓋就這樣彈開，裡頭的咖啡灑出來潑到我身上、椅子上，還有包包上。

三魂七魄暫時飛出去了一魂一魄。等到我回神，先是確定沒撞死人。看見車頭前還站著那對男女在互相拉扯，沒造成任何傷亡，鬆了口氣的同時，我才發現咖啡很燙。

「媽的。」憤怒衝上腦門。

我拿起衛生紙擦著身上的咖啡漬，還有包包上的。連放在裡頭今天整理好的開會資料也被波及。

現在，沒有誰可以阻攔我想殺了那對男女的決心。

我拉上手剎車，火大地下車，挽起我的衣袖，準備給這對男女好看。走到那對男女旁邊時，我的車頭燈照進眼睛，讓我有點睜不開眼，所以有時間讓那女人先給了那男的一巴掌。

「啪」的一聲有夠響亮，我愣住。

「到現在，你還是不知道我們之間到底出了什麼問題！」女人哭著說

「妳要說我才知道啊！」男人竟在這時還說出蠢話。

「不想說了，我們已經分手了，別再來找我。」女人轉身離開，男人活該被分手。

男人想追上去，卻被我攔住。「等等，你不用先跟我道歉嗎？」當我抬頭認真一看，才發現這男的就是那個有病的人，台北真小。

他看到我，也發現我是那個好心提醒他去看病的人，瞪大眼睛指著我，「妳……」

我深呼吸，對這種孽緣感到非常生氣，火大地對他吼，「你走路不看路的嗎？不知道要走斑馬線嗎？突然衝出來，害得我手上咖啡潑得整身、整車都是，你對不起三個字不用說嗎？和女朋友吵架是你家的事，害別人遭殃，你不會不好意思嗎？」

他冷笑一聲，「不會。」然後打量著我一身的狼狽。

我瞪他，雙眼可以隨時噴出火。

「妳為什麼要邊開車邊喝東西？自己不注意行車安全，還要怪誰？沒走斑馬線是我的錯，那我向斑馬線道歉。」他轉身對著三公尺前的斑馬線說了聲對不起，然後再面向我說：「這樣行了吧！」

我想殺他。

「難怪你會被拋棄。」我冷冷地說。

「妳再說一次。」他惱羞成怒。

「我不要，憑什麼你叫我再說一次我就要說？你有付我錢嗎？像你這種搞不清楚問題出在哪的人，別再去煩你前女友了，放過人家吧！」

他瞪著我，「那是我的事，干妳什麼事。」

「對，根本不干我的事，所以你們幹嘛要衝出來？還差點讓我撞上！想死自己去，不要拖累別人。」我氣得用手抓起身上沾上咖啡的衣角，擰出了一些咖啡，往他的白襯衫抹去。

他閃躲不及，眼看自己沾到咖啡的白襯衫，開口對我咆哮，「妳這個瘋女人。」

我得意地朝他笑著，一個字一個字對他說：「謝、謝、誇、獎。」然後轉身回到自己車上。

他生氣地拍著我的車門，「妳這個瘋女人給我下來，我們還沒說清楚。」

我從車窗內瞪了他一眼，按下車窗對他說：「這樣還沒有說清楚？你到底是有多蠢？」然後再關上車窗，踩下油門離開。

自己女人跑了，還不知道為什麼，不蠢嗎？跟女人吵架追到大馬路，不擔心她的安危，不蠢嗎？連一句道歉都不會說，不蠢嗎？

蠢死了。

我滿肚子火。

回到家附近停好車，整理著車內的我也是蠢死了，幹嘛去跟這種人吵架？把包裡的東西都拿出來後，才發現沒關好的包包裡竟能倒出咖啡，我真是哭笑不得。

本來想再買些酒喝，但我實在是被咖啡和那個神經病整得太累，一回到家，馬上換衣服洗好澡。看到那疊沾了咖啡的開會資料，有一種生無可戀的心情，決定馬上睡覺，明天早一點到公司重印。

沒想到，一躺到床上，手機正好響起通知。我父親又傳來了簡訊，「如果妳媽不離婚，我就只能打官司了。」

我把手機丟到一旁，閉上眼睛無力地說：「隨便。」

然後身心皆很疲倦的我，很快就睡著了。

我夢到媽媽笑著對我說了再見，這是我從小到大第一次夢到她。

一覺醒來，覺得很不真實。的確，會對我笑的媽媽，我幾乎沒有見過，像夢一場，也真的只是夢。

我緩緩下了床，望了一眼床頭櫃上的鬧鐘，是八點四十分。

我走進浴室刷牙，想著好像有什麼事要做，但怎麼也想不出來。想著好像要去哪，也一直想不出來，當我聞到我髮梢傳來的咖啡味，我頓時想起。

「昨天忘了洗頭了，真是……」

然後記憶排山倒海地回來了，我被口中的牙膏泡沫給嗆得咳了好幾下，我快速洗了臉，衝出浴室換衣服。我竟然忘了要去客戶那裡開會，還忘了要早起去工作室印新的資料，什麼都是夢一場。

我拿了還沒清好的咖啡包，還有沾了咖啡的資料，快速出門。

導航了 Highlight 的公司位置，我在滿是車潮的馬路上不停鑽著，帶著對其他馬路使用者愧疚的心情，在八點五十九分準時抵達了 Highlight。

我喘著氣，在辦公大樓一樓等電梯。

「妳來啦！」丁熒的聲音在我旁邊響起。我回頭驚訝地看著她，她竟是一副已準備好上班的模樣。好難得看到她早上這麼清醒。

「這負責人不太好搞，講話有點直接，我想我還是來一下比較安心。這電梯也太久了吧！」丁熒講到一半，不耐煩伸手多按了幾下電梯鈕，惹來旁人一陣側目。

我們上了電梯，到了 Highlight 的門口，看到用保險套吹成的汽球裝飾在門口，外頭有一面產品牆，放了一整排的……道具，來展示各種功能的保險套。

我不知道該不該走進去，我頭好痛，我好不舒服。

丁熒開心地指著產品牆上其中一個道具，興奮地說：「天啊！居然有榴槤口味的耶，也太有創意了，下次要買來試試。」

我腳步有點不穩，想跟丁熒說我們還是別做了，我不能把我們努力保持這麼久的清新風格，毀在如此強烈的性暗示表現中，有一種要把未成年的女兒嫁給城裡老爺納妾一樣。

不行，我們不能這麼做。

正要開口，一位美麗又有氣質的小姐已經為我們開了門，而走在前頭的丁熒，正回頭疑惑地問我，「進來啊，妳幹嘛？」

我吞了吞口水，硬著頭皮走進去。剛進門時，肩膀還不小心碰到了保險套汽球。我瞬間起了雞皮疙瘩。

那位小姐帶著我們走進會議室，牆上貼了各種保險套的性感廣告海報。大型的投影螢幕中正播放著A片。我很想奪門而出，但小姐幫我拉了椅子，「請坐。」

於是我坐了下來，眼神只能放在桌面上，我不想抬頭，也不想東張西望。丁熒則是站到了投影螢幕前仔細地看著A片，然後邊說著，「哇，這姿勢也太扯了，是在練功嗎？這女主角皮膚好白喔。欸！為什麼日本A片男主角不能選帥一點的？都不考慮一下女性觀眾的心情。」

我頭好暈，我覺得我會在這間會議室裡窒息，然後離開人世。

美麗的小姐端了兩杯茶進來，對我們客氣地招呼著，「麻煩妳們稍等一下，經理正在電話中，待會就過來了。」

我點了點頭，小姐給了我一個美好的微笑後離開。我淡淡地說：「以她的條件可以去當空姊了，真的不用來賣保險套。」

丁熒坐到我旁邊，喝了口茶後說：「妳要不要去照一下鏡子？」

我抬頭，疑惑地問：「為什麼？」

「妳的表情看起來很嫌棄這裡。」丁熒說。

天啊，這麼明顯？

「妳可以用健康一點的眼光來看待性嗎？性就是一種生理需求，保險套就跟妳去五十嵐買飲料選擇加珍珠一樣，就是件再自然不過的事啊！」

我再也不去五十嵐了。

我看著丁熒，「我沒有覺得性不健康，只是覺得這裡太……」over 這個字還沒有講出來，會議室的門突然被打開，有位男士邊走邊對著後頭的人說話。

「叫小雅把我的白襯衫拿去送洗。」這個人說完話，轉過頭來，和我四目相接。

三秒後，我們同時在口中說了句，「媽的。」

丁熒沒聽清楚我們說了什麼，趕緊起身熱情地和那男人打著招呼，「呂先生，早，跟你介紹一下，這是我們公司的設計師，湯海若小姐。」我才懶得站起來。

他沒有回應，而是緩緩走到我面前。我冷冷看了他一眼，然後撇過臉去，雙手抱在胸前，心裡罵了我人生史上最長的一串髒話。

「怎麼辦？我看這次合作有點困難喔！」他看著我，輕蔑地說。

我忍不住起身。想壓制我，不要說門都沒有，連窗戶都不會給他。我冷冷地看向他，「當然，跟蠢男合作，我的確是很吃虧。」

「跟瘋女人合作，也不是件簡單的事啊，哈哈哈。」他瞪著我，假笑著說。

「兩位……」丁熒好奇地走到我們旁邊，「認識嗎？」

「鬼才認識他！」我們同時說。

我拿了包包想走人，他從口袋的皮夾裡拿了一疊錢出來遞到我眼前，「等一下！車子的事就當我倒楣，妳自己拿回去看醫生。」

我把錢抽了回來，留下幾張千元大鈔，「咖啡的事也當我倒楣，這些當我賠你洗衣服的費用，剩下的拿去買幾瓶酒。你被甩了，需要借酒澆愁，算我請你的，不夠再跟我說。」我給了他一個微笑。

他氣得把手上的千元大鈔揉成一團，一副想把我生吞活剝似的，「妳這個瘋女人，真的是……」

「怎樣？哼！」

我帥氣地拿了包包往門口走去，丁熒一個箭步擋在門口，清了清喉嚨，一臉正經地看著那個男人，「我是不知道兩位有什麼過節啦，但是，呂先生，你應該沒有忘了，昨天我們已經先簽了合作草約，現在不合作，你可是要付違約金喔！」

男人倒吸了一口冷氣。

丁熒很滿意地看著我繼續說：「湯湯，如果我們設計出了問題，導致沒有辦法正常上市，我們也要負責喔！」

我愣住，眼角瞄到那男人得意地笑。

丁熒撥了撥頭髮，坐到會議桌前，伸手敲敲桌子說：「我可以給兩位上個廁所、洗個臉的時間。」

那男人瞪了我一眼，我也瞪了他一眼後，才心不甘情不願地坐回會議桌前。但是誰都不願意先開口。

丁熒坐在我們兩人面前，嘆了口氣，「好，那重新來過。兩位不交換一下名片嗎？」

男人不高興地從皮夾裡抽出一張名片，丟到我面前。我瞪了他一眼，也從包裡拿出名片。丟到他面前，結果丟得太用力，掉到了地上。他生氣地說：「妳故意的！」

我懶得理他，拿起桌上的名片看了一下，「Highlight 行銷部經理，呂星澤。」在心裡冷哼一聲，非常大聲。

他撿起我的名片，看都不看一眼就收進皮夾。丁熒看著我們兩個，嘆氣搖頭，然後對我說：「湯湯，妳不是準備了開會的資料嗎？要不要拿出來討論一下？」

我拿了包裡那份沾了咖啡澤的資料出來，直到現在還帶著咖啡香氣，真不愧是培秀姊。

「這個，怎麼會這樣？」丁熒看著白紙上的慘狀，驚訝地說。

我轉過頭看著呂星澤，「這就得問這位呂經理啊！」他也轉過頭瞪了我一眼，我們又開始用眼神戰爭。

空氣裡，我們的眼神碰撞，滋滋作響。

「好了喔！你們到底要不要好好開會？」丁熒受不了地說：「我不管你們私下的恩怨，但現在草約簽了，請你們都對自己的工作負責好嗎？如果今天不方便，我們下次再討論也可以。」

我們在下一秒收回戰鬥的眼神，我深呼吸了口氣，拿出資料，開始對呂星澤講解我這次設計的風格，還有要採用的概念，基本上會設計三種款式，搭配他們不同口味……不，不同功能的產品，來做成組合。

「布料太多。」呂星澤看著我準備的資料說。

「什麼意思？」

「布料越少越能刺激男人的感官，妳這全都遮住了，男人一看都沒興致了，妳覺得還用得上保險套嗎？」呂星澤一臉不認同。

我也不認同他的屁話，「不是穿得少就是性感好不好？難道男人只會在女人穿很少的時候有性慾嗎？平常你旁邊走過一個美女，你難道不會想像和她上床的畫面？」我說。

「那是兩碼子事好嗎？今天是七夕活動，我們推出的組合就是為了情人節，講究的就是眼前的氣氛，對男人來說，越誘惑當然越有感覺啊！妳不懂嗎？啊，看妳這樣子應該不懂，沒男友對吧！」他講著講著就講到我身上。

「沒男友又怎樣。」

「沒怎樣，謝謝妳肯單身，放過廣大的男性朋友。」他得意地笑著。

我恨不得拿起桌上的資料甩他一臉，「總比被人甩還不知道為什麼來得強！」

他又瞪著我，我也不客氣地瞪他。

丁熒用力拍了拍桌子，「好了，回到工作。」

呂星澤清了清喉嚨，「我要的是性感的設計，讓男人一看就會渾身慾火的設計，最好一個晚上可以用完整盒保險套的設計！」

我冷笑，「台灣男人沒有一個晚上能用完整盒的能力。啊，如果你是說要拿來像門口那樣當裝飾的話，那是很有可能。」

他狠瞪我一眼，「那是妳沒有遇過！畢竟男人看到妳就倒胃口。」

「好笑了，那你怎麼不自己去撒泡尿照照，看自己長得多煞風景！」

「我現在最後悔的，就是那天妳刮我車子的時候沒報警抓妳，才會讓妳現在這麼囂張！」他氣伸出雙手，一副想掐死我的氣勢。

我怎麼可能輸，「我最後悔的是，我昨天晚上幹嘛踩剎車。」

「瘋女人！」

「神經病！」

丁熒用力拍了桌子，對我們兩個吼，「你們兩個都給我閉嘴！今天會開到這裡，等你們整理好心情再重新討論。兩個都幾歲了，不知道公私分明怎麼寫嗎？」

丁熒起身拿了我的包包，走到我旁邊，伸手拉我起身，對呂星澤說：「呂經理，不好意思，於公，我們公司的設計師今天開會討論的狀態不好，我向你道歉。於私，你們自己去解決，希望下次不要再有這種狀況了。」

丁熒拉著我走出會議室。看著她的背影，我覺得很抱歉，我也不知道為什麼，平常這麼冷漠的我，一遇到這個男人，火氣值就立刻沸騰，他難道是瓦斯桶？

到了一樓大廳，丁熒才放開我，一臉不可思議地看我，什麼都沒有說。我被她直盯著，盯到很尷尬。

丁熒突然笑了出來，「要不要去喝酒慶祝一下？」

「為什麼？」我疑惑。

「這是我第一次看到妳這麼失控的樣子，難道不值得慶祝？」丁熒大笑了起來。

「無聊。」我伸手搶過丁熒手上的我的包包，自己離開。

丁熒在後頭邊笑邊喊，「湯湯，等一下啦！妳去哪學這些罵人的話啊？我都不知道妳反應這麼快耶！湯湯。」

我也不知道啊。

我真的也不知道自己情緒竟然還能有這麼大的起伏。原本以為自己就是個毫無感情的人，誰都不能再讓我哭，也不能再讓我笑，不能讓我情緒失控。但不知道為什麼，呂星澤這個人的一言一行，就是能讓我火氣瞬間上升。

丁瑩意外，我也好意外。

改變人生的，通常都是那些意外。

第四章

這城市裡，各有各的難關。

我和丁熒在停車場分開，她要去客戶那，我則是回工作室。先到一樓跟培秀姊買了杯咖啡，走上二樓時，裡頭又一堆爸爸媽媽們在聯誼。

阿紫奶奶突然跑了出來。我嚇了一跳，不是因為阿紫奶奶今天穿得像顆紫蕃薯，而是怎麼年紀這麼大了，還能腳程這麼快。雖然她讓我很受不了，但我還是希望她能平安，不要因為這樣摔倒。

「妳不能用走的就好嗎？」我淡淡地問。

阿紫奶奶很嚴肅地看著我，上上下下打量我，還繞著我走了一圈，前前後後看得很仔細，不知道又在算計什麼。

「我不要。」我先說。

「不要什麼？」阿紫奶奶愣了一下。

「不要相親，不要結婚，不要戀愛。」我說。

阿紫奶奶一臉不屑，「誰要跟妳說這個啊！」然後把手伸進她自己衣服裡，在她胸口掏啊掏的。我忍不住轉過頭去不想看，今天一早在保險套公司的視覺震撼已經夠多了，現在不想再繼續。

「來，這平安符戴著。」阿紫奶奶把平安符戴到我脖子上。

我低頭看到我胸前的平安符，「我沒在信這個的。」邊說邊伸手想要拿下來。

阿紫奶奶抓住我的手制止，臉色凝重地說：「戴著，妳最近運氣不會太好。」

「我運氣一向很不好啊！哪是最近而已。」我還想拿掉平安符時，想到了呂星澤。看了一眼阿紫奶奶，第一次覺得她的話有點準。於是我不再掙扎，就戴著吧！戴個心安也好，能真的擋掉呂星澤這個小人更好！

「注意自己安全，知道嗎？」阿紫奶奶聲音低沉得好正經，我忍不住覺得有點毛。

我點了點頭。

阿紫奶奶突然又拍了拍我的屁股，「記得幫我設計，我要性感一點的。」一說完，阿紫奶奶又彎著腰試著想要擠出乳溝。

我直接轉身上樓。

「喂，妳這女孩真的是，我都還沒有告訴妳我的三圍耶！」阿紫奶奶的聲音越來越遠。

走進工作室，坐在自己的位置上，想著丁熒剛在停車場裡跟我說的那些話，「我不知道妳和呂星澤之間發生什麼事，但如果妳真的很討厭他，妳跟我說一聲，我會試著去好好談，看能不能取消草約。賺錢很重要，但開心更重要。」

感激丁熒的貼心之餘，我檢討起自己的情緒掌控問題和專業能力。

如果我不吵，呂星澤也沒有機會跟我吵。我的確有很大的問題，我真的很不專業。我整理好心情，決定好好面對這個案子。

下班回到家後，我仍繼續上網找資料，試圖說服呂星澤，性感不只是布料少。如果把事情想得這麼膚淺，那他就錯了。

大錯特錯。

桌上的手機突然響了，我看著螢幕上舅舅家的電話號碼，接了起來。

「我是媽媽。」

「嗯。」我知道。

「我想清楚了。」

「嗯？」

「我會跟妳爸離婚。」

我愣在電話這頭，不相信媽媽會這樣心甘情願放棄。

「恭喜。」我說。

母親一句再見都沒有說，就掛斷了電話。

我看著手機漸漸轉暗的螢幕，想起總是待在昏暗房間裡等待的母親。她總是坐在裡頭，翻著幾乎已經損壞的結婚照。我曾經問過她，為什麼要那麼愛？

她說，或許她這輩子的任務，就是愛著父親。

聽起來好像很令人感動。但只愛著某個人，卻忘了愛生命裡出現的其他人，這種愛算什麼？

媽媽總是很坦率，不在乎別人眼光，當左右鄰居都知道她成了棄婦，她仍每個月洗一次父親留在家裡的衣服，每天晒著父親留下來的書。每次和誰聊起天，也不忘說著我老公如何如何。

大家都覺得她瘋了。

她說她是瘋了，不然怎麼會這麼愛他呢。

這麼愛了大半輩子的人，現在她說要放棄？

我笑了笑，這齣苗栗王寶釵苦守寒窯的戲碼，我想是沒那麼容易結束。哪這麼輕易寫上句點？那種付出了青春年華和全身力氣去守護的一段感情，到最後竟然全數化為烏有的不甘心，哪有那麼容易算了？

不想就這麼算了，不就是每個女人結束一段感情時困住自己的最主要原因嗎？我曾經也是。

不想就這麼算了，於是賭上了全部，最終，仍是什麼都失去。

這個晚上，我又想起了三年前，讓我掉到人生谷底的那一年。全身寒毛直立，悶在胸口的那股氣，壓得我失眠。

幾乎沒有睡的我，捱到了八點多才肯下床整理。開車到公司的路上，總覺得哪裡不對勁，方向盤不太好握，車子也好晃，不曉得是我沒睡飽，還是今天路特別不平。當我沒避開前方的一個小窟窿，車子差點打滑時，我嚇了好大一跳，趕緊將車開到一旁去。

下車察看，我整個愣在原地，怎麼會四個輪胎全沒氣了？

我還在疑惑時，突然有人在我後頭說：「馬路三寶！輪胎沒氣了還敢開上路，妳要不要考慮改搭大眾交通工具啊？還給其他駕駛朋友一個安全的開車環境。」

我一回頭，呂星澤正端了杯咖啡站在我後面。接著從容地走到我旁邊，看著我的車，一臉看好戲的表情，講話酸得不得了。

我懶得理他，想打電話找拖吊廠來處理。

「女人還真的不太會開車。」呂星澤伸手壓了壓輪胎。

本來不想跟他吵的，但聽到女人怎樣，我火又上來，沒好氣地回應，「輪胎破了，跟會不會開車有什麼關係？最討厭你們這種大男人主義的人，男人比較好的話，那你不要跟女人交往啊！下次找個男朋友。」

「本來就是啊！女人反應本來就比男人慢啊。」他還反駁。

我走了過去，伸手碰了一下他的咖啡。咖啡又灑在他的白色襯衫上，他愣了一下，對我大吼，「瘋女人，妳幹嘛啊？」

「男人反應不是很快嗎？幹嘛不閃？」

他氣得髒話都要飆出來了，「妳這女人真的是……」

「反應很快。」我淡淡地說，然後笑了笑，繼續刺激他，「看什麼熱鬧啊你，又不干你的事，幹嘛自己跑來找麻煩？」

「這位湯設計師，要不是剛好買咖啡出來就看到妳停在這裡，還擋住我的車，誰要多跟妳說一句啊？那麼難相處。」他指著後面被我擋住的車。

「我沒要你跟我相處。」我拿起車鑰匙，經過他身邊時他伸手拉住我。我馬上甩開他的手，「誰准你碰我？」

「妳要幹嘛？」他沒好氣地說。

「把車移開，好讓你這尊大佛離開。」

「四個輪胎都破了，妳還敢開？妳不想活沒關係，也要考慮一下旁邊的路人吧。」他指著路上來來往往正要上班的路人。

「那你就別囉嗦。」我冷冷看了他一眼，打算走到旁邊去，繼續打電話叫吊車。

「這麼討人厭，難怪妳輪胎會被刺破。」他在我身後說著。

我回頭看他，「你這是什麼意思？」

他走到輪胎旁，指著上面的一支鐵釘，「妳的輪胎是被鐵釘插破的，而且四個輪子上都有一樣的鐵釘，要嘛是妳開車輾到，要嘛是人為因素。以妳這麼機車的個性，第二種情況的可能性最大。」

我走到車旁，看著那根鐵釘，想著這幾天開車根本沒有覺得輾過什麼，要剛好讓四個輪胎都插上一樣的鐵釘，不是很尋常的事。

我抬頭看呂星澤，「你說得對，我也覺得是人為因素。」

他一臉得意，表情好像是在說，看吧，我就說了吧！

我沒理他，繼續說：「如果說真的是因為討厭我，而故意刺破我輪胎，除了你也沒有別人了，你要不要跟我去警局自首？」

呂星澤嚇了一跳，急忙撇清，「喂！亂講話是會出大事的。」

我瞪了他一眼，撥打拖吊場的電話，但沒人接。再找了另一間，現在也沒辦法過來，越打越煩躁，覺得一切都不順心。

突然聽到呂星澤的聲音，「對，差不多要多久？十分鐘？好！我會在這裡。」

呂星澤說明地點，再報上我的車牌號碼後，掛掉電話對著我說：「我找認識的車廠過來處理，他們有拖吊車。妳也不用謝我，也不用因為這樣覺得我人很好。」

「我不會。」我淡淡地說，然後走到我的車子旁，他瞪了我一眼，也走到了自己車子旁，喝著剛剛被我推了一下而灑出來的咖啡。

等吊車過來的時間，我們不看對方，也不說任何一句話。我轉過頭看了他一眼，他正看著前方發呆，眼神帶著點故事，可能是前幾天那個失戀故事。他似乎不是很快樂的樣子。

「想要我的簽名嗎？」他喝了口咖啡，看著天空說。

「神經病。」我不耐煩。

吊車來了，師傅和呂星澤打了招呼，看起來很熟的樣子。師傅檢查了一下我的輪胎說：「這應該是人為的。」

我看了呂星澤一眼，他馬上緊張起來，「妳這什麼眼神？不要誣賴我喔！」看到他那個慌張的樣子，我忍不住笑出來。其實，我只是覺得他很厲害猜對了。看到我笑，他愣了一下後，警戒說：「妳是不是又有什麼齷齪的念頭了？」

我懶得理他。

師傅很專業地把我的車架上拖吊車後，走到我們面前，遞了張名片給我，「湯小姐，等輪胎換好，我再通知妳過來取車。」

「車子再幫她巡一下好了。」呂星澤突然這麼說。我看了他一眼，他沒理我，繼續對師傅說：「如果真是人為，不曉得會不會有其他的狀況。」

「沒問題。」師傅保證會好好處理，便先離開了。

這種情形下，我似乎得對他說一聲謝謝，但看到他的臉，這聲謝我又說不出口。

「應該不用我送妳上班吧？妳應該不會想坐我的車吧？那我就先走囉！」他痞笑著對我揮了揮手。

我真的很慶幸那句謝謝沒有說出口。

他走了幾步，突然回頭看著我，「對了，設計稿要請妳盡快，設計方向就是兩個字，性感，懂嗎？」接著用嫌棄的眼神上下打量我，「看妳這個樣子，這輩子應該沒有性感過吧！」

在我準備拿鞋子丟他時，他已經把車開走了

深呼吸了一口氣，我才能平靜地招了輛計程車準備去上班。一到工作室，茉莉見到我便急忙問：「妳是不是哪不舒服？今天比較晚進來。」

我搖了搖頭。

回到自己位置上，丁熒結束她和客戶的電話，走到我面前問，「怎麼樣？Highlight 那邊需要我去回絕嗎？」

「不用。」我咬牙切齒地說，我要讓呂星澤看看我到底懂不懂性感。

丁熒看著我，挑眉地笑了笑，「ＯＫ，那我出去忙了。」

對我來說，決心是逼出來的，當你知道你沒有路可以再退的時候，就會拿出決心來，然後憑著那一股力量，是勇敢也好、是憨膽也好，反正這樣咬著牙往前走，終點就會到了。

決心面對前男友和林曼如時，也是我沒有退路的時候。即便走到終點時我全身是傷，但至少那段辛苦的路，我走過了。

我會設計出來的，用我的心血，堵住呂星澤的嘴。

於是我投入在工作裡，隱約記得自己接了幾通電話，隱約聽到阿紫奶奶上來和茉莉聊天，隱約看到天色漸暗，隱約起身上了幾次廁所，喝了幾次水，但都是只是隱約的印象。

我最記得的，就是今天滿地被我揉爛不要的設計稿。我累得癱在椅子上，對完全沒有進展的靈感感到焦慮。

看著電腦螢幕上顯示的時間，已經是晚上十點多了，我決定回家好好睡一覺，明天再繼續。整理好工作室，走到樓下時，發現整棟樓只有我一個人，整條大馬路也只有我一個人，要開車時，才發現我根本還沒去取車。

趕緊從包裡翻出手機，裡頭有好幾通未接來電。正要撥去修車廠時，有通陌生來電。我煩躁地按掉後，這號碼又再撥過來。反反覆覆好幾次，對方毅力十足，好像不想讓我和修車廠聯絡的意思，最後我受不了了，只好妥協地接了起來。

正準備要開罵時，呂星澤憤怒的聲音從電話那頭傳來，「妳是怎樣，答應師傅要去拿車也沒去，本來師傅只上班到八點，因為等妳留到九點，擔心妳要用車，還打給我。全世界的人都在找妳，妳不知道嗎？」

「我剛下班，沒聽到手機響。」我心虛地馬上放軟態度，話都還沒有說完，一道剎車聲在我身旁響起。

我轉過頭，看到呂星澤在車內，從駕駛座伸手開了副座的車門，瞪著我說：「給我上車。」

雖然很不滿意他的語氣，但我沒有注意時間是我的錯，所以默默上了車。

他一臉怒氣，沒有說話，我也沒有說話。過了幾個紅綠燈後，他才開口，「師傅等不到妳，本想開過去給妳，但妳沒留地址，所以開去我們公司，車子停在附近的停車場，鑰匙在這。」

他從口袋裡拿了鑰匙遞給我，我接了過來，「謝謝。」

他淡淡地看了我一眼，「看在妳還會道謝的分上，我就不生氣了。」一臉自以為慈悲的樣子。

「神經病。」我笑了出來。

呂星澤伸手按開音響，音樂流洩了出來。他偶爾跟著哼，我則是看著窗外街景，自己開車時，總是無心欣賞，才發現街上變了這麼多，還有自己也變了好多。窗外的景色，竟也能讓我感嘆許多。

聽說，感嘆是變老的第一步，或許，我正開始變老。

到了停車場附近，呂星澤把車停到一旁。我正要打開車門時，他突然對我說：「回去開車小心點。」關心的話說得如此自然。

「你不是很討厭我嗎？」我好奇地問。

「對啊！現在也是。」他點了點頭，看著我說。

我笑著下車，往停車場走去。呂星澤突然跑到我面前，把上次那個壞掉的包包遞到我面前。

「這個怎麼會在你這？」我嚇了一跳，早就忘了這個包的存在。

「因為妳自以為很帥地把錢給我後，這個包沒有拿就走了。我本來想當做沒看到，結果下一個領錢的婆婆追出來拿給我，以為是我掉的。我能怎麼辦？只好放在車上，剛剛才想起來。」他嫌棄地說。

我接了過來，對他說：「直接丟掉就好了，反正壞了。」

「怕裡面有什麼想留下來的東西。」他說。

「哪有什麼想留的東西。」我看著他，他卻看向我的後面，表情突然變得嚴肅。我好奇地回過頭，看到了他的前女友，和一個男人正走到一旁準備取車。

呂星澤走了過去，我感覺事情不太妙，本想開車就走，但總覺得讓他一個人面對有一點殘忍。當初被拋棄時，那種孤單無依的心情，到現在想起，還是讓人無助到想哭。

我留了下來。

「妳不是說妳和他什麼關係都沒有？」呂星澤開口質問他前女友。

「我們已經分手了，我要和誰在一起跟你有什麼關係？」女人說著，一邊對現任男友使眼色，現任男友先上了車。

「妳根本就是腳踏兩條船。」

「那又怎麼樣？我們在一起的時候，你有好好關心過我嗎？」

「我沒有嗎？我認真工作就是為了讓妳過更好的日子，妳身上哪樣東西不是名牌？」

「對，穿著名牌等你回家嘛！每天都過這樣的日子，我受夠了！」

「我沒錢的時候，妳嫌我沒錢，有錢給妳花，又說我不關心妳，妳到底要我怎樣？」

「離我遠一點，我們已經分手了，不要讓我一直提醒你！」女人轉身上車，呂星澤火大地想開她車門，但車子毫不留情開走。呂星澤看著車子離開，一臉懊惱，生氣地踢著路面發洩。

我走到他旁邊，看著他說：「為什麼不說愛她？」

他看著我，一臉疑惑，「什麼意思？」

「愛她就告訴她，說你愛她啊！讓所有女人生氣跟失望到離開一個男人的原因，就是以為你不愛她了。」

「我都做到這個程度了，她難道不知道嗎？」呂星澤說這句話的表情好無助，我像是看到了三年前的那個自己。

「不知道。」我說。

他一臉挫敗。

「女人就是這麼煩，請你愛得直接一點。」

他愣了一下，我繼續說：「如果不能接受，你可以改交男朋友。」

「妳有病啊！」他苦笑，瞪了我一眼。

我笑著拍了拍他的肩，「有啊！」

自己感情都這麼失敗了，還能在這裡開導別人，不是有病是什麼？

「走了，拜。」我轉身離開。

當我開出停車場，呂星澤還站在原地發呆，我想，這座擁擠又潮濕的城市，每個人都有每個人的難關，而活著，就是這樣一關接著一關。

我也有我的關。

每天晚上都能接到家裡打來的電話，今天是舅媽。她難過地告訴我，「妳爸說下個月要回來跟妳媽辦離婚了。」

我嘆了口氣，對舅媽說：「舅媽，那是他們的婚姻，不是我的。」我為什麼非得知道他們的進度，

「海若，妳不回家看看妳媽嗎？」

「看了又能怎樣？」

「安慰安慰她也好啊！」

「不了。」

「海若……」

「舅媽……」

我們兩人在電話兩頭僵持了約十秒。

「好啦，妳早點休息。」

「舅媽晚安。」

有些事，是從來沒有效用的。

就像舅媽和舅舅總是以為，媽媽會看在我是女兒的分上聽我的話，父親會因為我多退讓幾步。但事實上，所有的事，都是有愛才有效的。我的父母對我並沒有愛，又怎會在意我說了什麼。

我不是沒有勸過媽媽，我不是沒有試著要帶媽媽到台北生活，我不是沒有努力想當好一個女兒，我真的不是沒有！

我有，我有努力過，但沒有用。

任何一種關係，親人之間的愛，朋友之間的愛，戀人之間的愛，只要沒有愛，就什麼都不是了，

我也放棄了，在他們先放棄了我之後。

一早起床整理好準備上班時，我才想起換輪胎的費用還沒有付。我趕緊打電話去修車

廠，先抱歉昨晚失約的事，再問師傅輪胎費用的事。結果師傅說呂星澤已經先幫我付清了。

我下了樓，邊走邊打電話給呂星澤。

「幹嘛啊，一大早的。」呂星澤起床氣滿嚴重的。

我看了一下手機上的時間，「快十點了，不早。」

「我好想睡，妳快講重點啦！」他還想賴床，低沉又帶著點鼻音的聲音生起氣來滿好笑的。

「我要給你換輪胎的費用，你睡醒了傳一下金額跟匯款帳號給我。」我走出住處所在的這棟老舊大樓。

「就這事？」他不耐煩地說。

「不然還有什麼事？你睡吧！」我笑著掛掉電話。再抬頭時，一道熟悉的人影在我眼前出現，站在對街看著我。在對方開口叫我之前，我轉身就走。

忍住所有慌張情緒，我保持鎮定地坐上了車，發動引擎，開出巷口。開了一段距離後，我才把車停到路邊，然後放聲大哭。

人生裡談了兩次戀愛，一次是謝天宇，一次是劉凱。

我在劉凱身上放了最多的愛，因為我們曾經有過未來。

被謝天宇莫名其妙拋棄的我，大學四年不敢再談戀愛。等到出了社會，第一份工作在設計公司當助理，劉凱當時是我們設計組的組長，陪著人格扭曲的我適應工作，讓我覺得自己還能再愛。

於是我打開心胸，心裡頭裝了滿滿的劉凱。交往的四年裡，我們一起工作、一起生活、一起旅行、一起談論未來。三年前，他當著全公司的人面前對我求婚，我答應了，當時我以為我是全天下最幸福的人。

結果，卻是被背叛。

所以愛情到底有什麼屁用。

「去你媽的！」我哭吼著、生氣地搥著方向盤，不懂為什麼劉凱在那樣殘忍對待我之後，還有臉出現在我面前。

我擦著眼淚，嘲笑著自己的愚蠢，我都忘了當初他可是當著我的面和我最好的朋友林曼如上床，看著我的眼神竟沒有一絲愧疚，只是親口對著我說了一句，「抱曼如的感覺比較舒服。」而林曼如在他的身邊對我微笑著，勝利地笑著。

沉寂已久的憤怒又再一次湧上，難關是過了，但傷痛竟然還在。

我坐在車上哭了好久好久，氣自己過了三年還是這麼不平靜，氣自己竟還為了他哭泣，氣時間為什麼不站在我這邊，為什麼不幫我帶走傷痛。

手機響著，我眼淚還在流著。

我哭到完全沒有力氣，在車上昏睡過去。叫醒我的是路邊停車的收費員。他急促地敲著車窗，我於是按下了車窗。

「小姐，妳有沒有怎樣？是不是不舒服，要不要去醫院？」收費員擔心地問我。

我搖了搖頭。

「不要想太多啦！有什麼事都會過去的，妳不要做傻事喔！」

我苦笑，相信一個背叛我的人是真心愛我，是人生中最傻的事。而我就這樣相信過，每當劉凱回頭想挽回我時，我就會開心地重回他懷抱，但最終就是又受傷。

我就這樣在他身上耗了一年的時間，等他回頭，卻不停地失望，直到他叫公司直接裁掉我，甚至換了手機號碼，封鎖所有我能找到他的管道，我才真的清醒。啊，我被騙了，這個男人說他對林曼如只是一時意亂情迷，這個全天下最大的謊言，我卻信了。

最後聽到的消息，是他帶著林曼如到英國生活了，這是我們曾定下的計畫，但我卻被踢出計畫了。

怕收費員擔心，我把車開走。但我沒去公司，也不知道要去哪，開著車四處晃著，從下午晃到晚上，總算等到酒吧開了。我停好車，看著副駕駛座那個壞掉的包包，也順手拿下車打算丟掉。

以為丟掉些什麼，也能把壞心情一起丟掉。

看到前方有個垃圾桶，我走過去正要丟進去時，一個婆婆在我背後說：「小姐，妳不要的話，可以給我嗎？」

我回過頭，看著拾荒的婆婆，把包包遞給了她。她開心地向我道謝，「謝謝喔！這包包縫一下，還可以給我孫女用。」婆婆像拿到寶物一樣，珍惜地抱在胸前轉身離去。

我不要的，總有人當作寶，被別人不要的我，始終仍像個垃圾。

走到酒吧門口，正伸手要打開酒吧的門時，婆婆的聲音又在我背後響起，「小姐，包包裡面還有妳的東西。」

這一次我回頭。看到的是我和劉凱的合照，婆婆就這樣直接放到我眼前，讓我完全沒有機會逃離。婆婆笑著對我說：「在包包裡夾層看到的，照片拍得真好啊！」

想到昨天呂星澤說的話，他可能以為這張照片是我想留下的東西吧！

我沒說什麼，拿回照片，走進酒吧，點了酒，借了打火機，把照片燒成灰燼。

就這樣一個人喝著喝著再喝著，喝到完全失去意識。

前一次喝到沒有記憶是和茉莉、丁焄相遇那時，再來就是這一次了。當我醒來時，竟然在我完全不認得的房間裡。我突然很擔心自己被撿屍，但我擔心的不是遇到壞人，而是丁焄說過的那句話在我腦子裡出現。

女人也有享受性愛的權利，被撿屍就是只有別人爽，自己當然不划算。

我此刻心裡正是那種不划算的感覺。單身了三年，重開機時竟完全沒有留下記憶，怎麼值得？

我頭痛欲裂，想要下床，結果卻一腳踩在某個人身上。我嚇了一跳，男人痛得大叫，一個翻身，我重心不穩跌到，跌在對方身上。男人火大地睜開眼瞪我，我看著眼前的男人，淡淡地說：「好面熟喔。」

那男人一把推開我，我跌在一旁，痛的不是身體，是頭。我抱著頭，痛得好想哭。

「媽的，妳是不是故意的！想整我對不對！」呂星澤氣得對我大叫。

「我頭好痛，你小聲一點。」我說。

呂星澤走到我旁邊，邊說邊用手指戳我的頭，「真敢講，妳知不知道妳整個人大爛醉，店家都要打烊了還叫不醒妳。老闆才用妳手機找人來接妳。妳老實說，妳是不是沒有朋友？老闆說他打了好幾個人的電話，只有我接。」

我拍掉他的手，「痛！」

「再喝啊！很會喝不是嗎？要不要再拿酒給妳，我家多的是酒。」他坐到我面前瞪著我。

「看什麼看啦！」我說。

「妳幹嘛喝酒？」

「你幹嘛問那麼多？」我起身，發現身上穿著的不是我的衣服。

我拉著衣服瞪著他，「你不會這麼小人吧！」

「我是大人，ＯＫ？妳吐得全身都是，不換衣服怎麼睡？欸，妳不想想自己什麼身材，我眼睛很吃虧耶。」

他穿著背心，我惱怒地往他光溜溜的手臂打去，啪的一聲甚是響亮。

「肖查某，很痛耶！」他痛得猛搓自己手臂。

「換下來的衣服在哪？」我問，他指向浴室。

我走進浴室，看到那套被丟在一旁的衣服，臭得我差點就要吐出來了。我向呂星澤要了個袋子裝好，走出浴室對他說：「我要走了，身上的衣服，等我洗過了再還你。」

「我載妳回去。」他不知道什麼時候換了衣服，搖著手上的車鑰匙說。

上了車，我從包裡翻出手機，但已經沒有電。

「妳知道妳昨天晚上喝了多少錢嗎？三千八。」他說完，轉頭嫌棄地看了我一眼。

我懶得理他。

「一個女孩子家喝成這樣，像什麼樣子？不就幸好妳長不怎麼樣，沒有人會覬覦妳，才能全身而退。」

「你給我閉嘴喔！今天不管我長得漂不漂亮，我本來就應該全身而退，不是漂亮的人就應該被撿屍，也不是穿得少的人就應該被怎樣。我今天喝再醉，誰都沒有資格對我怎樣！」我生氣地對著他吼完後，頭又痛了。

「激動什麼啊！只是擔心妳而已。」他無辜又委屈的模樣。

「擔心就擔心，是不會好好說喔！硬要碎唸，你師公喔？」我壓著快爆炸的太陽穴，瞪了他一眼，他也不客氣地瞪了我一眼。

然後他突然在某間早午餐店前停車。

「幹嘛？」我問。

「吃早餐。」他說

「我不想吃。」我說。

「可是我想啊！」他回答完就下車，走過來幫我開了車門。

我看了他一眼，滿驚訝這種大男人還會幫女人開車門。但他下一秒就直接否定了我的想法，「妳不要想太多，我只是怕車門刮到。」他指著一旁突起的石塊。

我想太多，在此向我自己道歉。

走進早午餐店，他向服務生點了兩份餐，服務生離開後，我對他說：「我不想吃啊！」

「我不能一個人吃兩份喔？」

我決定在回到家之前都不要再和他說任何一句話，我真的怕我氣死。趕緊扶著千斤重的頭，想讓自己好受一點。呂星澤突然起身對著我說：「妳等我一下。」下一秒就往店外走去。

我閉起眼睛，打算好好休息一下，冷不防有道聲音在我頭頂上出現，「妳是阿澤的新女朋友？」

阿澤？誰啊？

我一睜開眼，就看到呂星澤的前女友站在我眼前，示意和她同行的朋友先入座，然後看著我，一副過來人的樣子對我說：「辛苦妳了。」

幹嘛？以為是在交接嗎？

「有什麼好辛苦的。」我說。

「他這個人不溫柔，也不體貼。」這位前女友數落著呂星澤的各種缺點，原本該站在女人那邊的我，頓時覺得呂星澤有點可憐。

他只是不會表達而已。

「他不溫柔，但很善良。」他其實可以不用去酒吧接我，我和他之間要說是朋友也稱不上，「他是不體貼，至少對感情忠誠。」我打量著眼前的女人說。

她有點惱羞成怒，「我只是好心提醒妳，不要在他這樣自私的男人身上浪費時間。」

「謝謝妳的提醒，就算他不夠好，那也不能成為妳腳踏兩條船，合理傷害他的藉口。」我說。

「妳！」她似乎氣得很想拿水杯丟我。

「在我眼裡，把所有分手的錯都推到他身上的妳比較自私。抱歉，我說話比較實在，希望妳跟妳的另一條船幸福快樂，不要拿水杯丟我，謝謝。」

女人轉身要離開，撞上了站在一旁的呂星澤，十分惱火地呼了呂星澤一巴掌。我嚇了一跳，看著她憤怒地走出早午餐店，和她同行的朋友們也趕緊跟了上去。

頓時，所有人的視線都集中在呂星澤身上。他面無表情地坐回位置上，我覺得很抱歉，罵了他心愛的前女友，還害他被呼了一巴掌，原本復合機率還有百分之五十，因為我的關係，直接變成零。

「我……」想說對不起。

呂星澤把一盒藥丟到我面前，「吃兩顆。」

我疑惑地看了他一眼。

「止頭痛的，藥師說這可以空腹吃。」

我愣住，原來他出去是為了幫我買頭痛藥。

「幹嘛不吃，還要人餵妳嗎？」他冷冷地說。

我拆開藥盒吃了兩顆。服務生上了餐點，他把熱湯放我面前，「喝掉。」把炒蛋放我面前，「吃掉。」

想很說我不要，但是內心的歉意還在，於是我盡量不惹他生氣，安安靜靜地把東西吃完，卻差點撐死在原地。

上了車，我還是向他道了歉。

「剛剛的事，很抱歉。」我說，畢竟別人感情的事，我本來就沒有資格說什麼。

他沒有說話，就是板著一張臭臉，好像我真的欠了他幾千萬一樣。我也沒有說話，他又開了廣播，我看向窗外，一直到酒吧外面，我要下車前，想起了一件事。

「給我銀行帳號。」我說：「把輪胎錢和酒錢一起給你。」

「下次拿。」他說：「我還要去開會。還有妳的設計稿，明天至少要有初稿，不然公司那邊很難交代。」

「明天會給你。」

「嗯。」他說。

罵人家前女友這種不是很道德的事，我還是想道歉。

「還不快下車？是我要抱妳下去嗎？」他的語氣很不耐煩。

愧疚感瞬間消失。我馬上下車，使出我全身吃奶的力量，狠狠地關上車門。他在下一秒揚長而去，好像多跟我在一起一秒都會要了他的命一樣。

我不爽地開著自己的車，回到家後先將手機充電，再好好洗了個澡。出來後，一開機看到不少通茉莉和丁熒的來電，還有一封叫我去死的簡訊。我先是回了簡訊，「你傳錯了。」

訊息也很快地回覆過來，「我沒傳錯，湯海若，我希望妳去死。」

我看著簡訊，不明白究竟是誰要我去死。

「你是誰？」我再問。

我坐在椅子上，等著簡訊再次回覆，但一直都沒有等到。

憎恨著別人的同時，我們也有可能一樣地被憎恨著。

第五章

下輩子，不想再當妳的女兒。

開著車到工作室，一路上我都在想，是誰這麼恨我？我恨的人很多，那是因為我真的愛過他們。

羨慕、嫉妒、恨，是三部曲。當你羨慕一個人久了，就很容易變成嫉妒，畢竟羨慕和嫉妒也通常只是一線之隔。而嫉妒累積到了最後，就會成為恨。

我湯若海這輩子沒有被羨慕的本錢，更不用說恨了。

當我停好車，走進工作室時，我還是想不出來這會是誰傳的。

「湯湯，妳沒事吧！」茉莉突然衝到我面前。我嚇了一跳，退後了幾步，然後走到自己的座位上。

茉莉跟在我後頭說著，「我快嚇死了，昨天妳沒來上班我好擔心，打了一整天電話妳都沒有接。」

「對不起。」我說。

然後坐到椅子上。其實我一點都沒注意聽茉莉在說什麼，心裡都在想那通簡訊。我先打開電腦，茉莉仍在我面前著急地繼續說：「早上一起床，看到半夜有人打電話給我，我回撥，響了好久酒吧老闆才接電話，說應該是有客人喝醉，要找朋友來接才打的。」

開機完成，我趕緊點網頁搜尋如何處理騷擾簡訊，或是怎麼查到發簡訊的人是誰，但好像得報警。

「妳昨天晚上有安全到家嗎？」茉莉問。

我點了點頭，注意力只能放在眼前的頁面上，希望茉莉的關心可以到此結束，因為我現在真的沒有心情回答她的任何問題。

「誰送妳回去的啊？丁熒嗎？」

這時丁熒剛好又一副喝多了的樣子走進了工作室，用要死不活的聲音說著，「幹嘛？誰找我？」

茉莉回頭看了丁熒一眼，嫌棄地搖了搖頭，「算了，她都需要人家去接了，應該不是她。」接著再轉頭繼續問我，「湯湯，妳真的沒事嗎？妳臉色不太好看，有事可以跟我們說，我們真的很擔心。」

茉莉的聲音，吵得我完全沒辦法集中，「就說了我沒事。」我自己都不曉得為什麼會失控，忍不住大聲。那音調和語調，我自己聽了都覺得討人厭。

茉莉愣住，我也愣住了，坐在自己位置上的丁熒看起來也好像酒醒了。我對著一臉受傷的茉莉說：「跟妳說了又能怎樣？妳到底以為自己是誰？可以幫上什麼忙？」

那我就討人厭到底吧！

茉莉看著我，說不出話來，丁熒起身走到我們旁邊，看了我一眼後，拉走茉莉。阿紫奶奶正好端了一盤東西進來，對著走出去的丁熒和茉莉說：「妳們倆去哪？我煎了粿要給妳們吃啊！」

阿紫奶奶端著粿進來，挾了一塊到我面前，「快吃一口。」

「我不想吃。」

「不行，妳要吃，吃粿才會有貴人運，反正妳最近會很倒楣的。」阿紫奶奶開心地笑著對我說。

我的確很倒楣，但我才不相信什麼吃粿就會有貴人運。我深呼吸了口氣，「阿紫奶奶，謝謝妳的好意，但我真的不想吃。」

阿紫奶奶放下粿，整了整紫色襯衫上的銀鑽胸針，順口說了一句，「剛這樣跟茉莉說不就沒事了嗎？怎樣，我這胸針好看嗎？」

我心虛地愣了一下，點了點頭。

阿紫奶奶又笑著對我說：「妳是在回答第一個問題，還是第二個問題？」

我沒有回答阿紫奶奶。

阿紫奶奶也沒有逼我，只是笑了笑，摸摸我的頭就離開，連粿也帶走了。粿不是要煎給我們大家吃的嗎？怎麼又拿下去了？

我嘆了口氣，覺得好煩。

想起我還有更重要的工作要做，沒辦法再想太多事，於是茉莉的事、簡訊的事，都被我先丟到了一旁。我開始設計 Highlight 的案子，把昨天上網搜尋抄下的筆記拿出來，決定用紅、白、黑三種色系，做出火辣的性感、清純的性感和誘惑的性感，女人的性感層面，絕對不可能只有「布料少」這一種。

在我認真畫稿的同時，丁熒和茉莉又走了進來。我看了看傷心的茉莉，掙扎著要怎麼向她道歉，茉莉卻早一步拿起包包，笑著對我跟我丁熒說：「那我先送支票去廠商那裡了。」茉莉離開後，丁熒也印了些資料，說要去百貨巡點後就走了。

離開時，丁熒又看了我一眼。我知道她其實也很火大，但不知道為什麼沒有對我發飆，大概是覺得我這種不懂別人好意的人沒救了吧！

下午兩點半，工作室裡只剩下我。

我收起混亂的思緒，想在今天把工作完成，這樣明天才有辦法交出去討論。

畫稿時，總是一眨眼就天黑了。手機傳來通知鈴聲，我從包裡拿出手機，螢幕顯示七點半。打開未讀通知，竄進眼裡的是一堆AV女優的性感照片，手機號碼是呂星澤。

訊息上面寫著，給妳參考。

「有病。」我沒好氣地把手機丟到一旁。

然後我繼續畫著稿，還不時聽到通知鈴聲，一直到我將三份初稿都整理得差不多時，再拿起手機一看，未讀通知有四十八通，打開一看全都是性感照。我深呼吸一口氣，提醒自己別跟蠢蛋生氣。

做完最後收尾，關機前，才發現已經將近晚上十二點了。我關好門窗，走下樓時，已經剩下昏黃的壁燈就算了，還接觸不良，在那閃啊閃的。我又想起那封叫我去死的簡訊，瞬間頭皮發麻。當我加快腳步下樓時，包裡的手機，突然又傳來通知鈴聲。

我差點被自己的手機鈴聲嚇死，我氣得邊走邊從包裡拿出手機，直接打給那個不停傳色情圖片的呂星澤。

「不要再傳了，煩死人了。」

「我怕妳沒靈感啊！」

「那也用不著傳猛傳好不好。」我走出大樓，路上冷冷清清的，只有我一個人。

「我還有很多，妳需要嗎？」

「有病啊你！我不需要！我已經畫好了，現在要下班回家了，你不要再傳……」

突然有東西就這樣潑在我身上。我嚇了一跳，手機掉在一旁，忍不住放聲大叫。我感到濕濕的液體從我頭上流到臉上，從肩膀上順著我的衣服、我的腳流到了地上。下一秒才聞到刺鼻的化學品味道，一瞬間，我以為睜開眼，就會看到牛頭馬面來帶我走。

我是不是要死了？

但皮膚並沒有傳來刺痛感，我放心了一點，從驚慌中冷靜了下來，小心地睜開眼睛看著身上的液體，才發現我身上全是紅油漆。

培秀姊不知道什麼時候拉開咖啡店鐵門跑了出來。看到我全身狼狽，也嚇得驚慌失措，「天啊！海若，怎麼會這樣？發生了什麼事？」

我整個人驚魂未定，被培秀姊帶進咖啡店的洗手間裡。她拿了兩瓶橄欖油進來幫我清洗滿是紅油漆的頭髮、臉、脖子，和每一處被油漆潑到的皮膚。我就任由培秀姊在我身上搓來搓去。

心裡想的都只有：到底是哪個王八蛋？是尋仇尋錯人嗎？

等我換上培秀姊先借我的乾淨衣服，再走出洗手間時，阿紫奶奶和呂星澤都在出現咖啡店裡了。

「妳沒事吧？」呂星澤看著我的模樣，一臉呆滯地問。

我點了點頭。

「下午就叫妳多吃幾口粿了吧！看吧！不聽我的話。」阿紫奶奶穿著淡紫色睡衣，綁著紫色髮帶，打著哈欠邊說著，一副事不關己的模樣。

「阿紫奶奶！」培秀姊制止阿紫奶奶再繼續說風涼話。

阿紫奶奶聳了聳肩，無所謂地說：「沒關係啦，只要還能呼吸，其他發生的都是小事啦！」

「請問你是？」培秀姊疑惑地看著呂星澤，畢竟這時間出現這個面生的臉，大家都會覺得莫名其妙。

阿紫奶奶也突然轉過頭看他，十分驚訝，「對欸，你誰啊？怎麼在這裡？咖啡店打烊了，沒賣咖啡了喔！」

「我是她……的朋友。」呂星澤講得有點卡，「剛跟她在講電話，才說到她正要下班，我就聽到她大叫，上網查了公司地址就趕過來了這樣。」

阿紫奶奶一聽，又開始興奮起來，「什麼時候的朋友？在一起過嗎？打算復合嗎？還是重新開始？」

「最近認識的朋友。」

呂星澤說完，阿紫奶奶不屑地看了他一眼，打了個哈欠，「喔，那你可以走了。」

呂星澤一臉無辜。

培秀姊倒了杯熱水給我，「妳還記得剛剛是怎麼發生的嗎？有沒有看到是誰潑的？」

我喝了口熱水說：「沒有，我在講電話，就突然被潑了。」聽到我的聲音在發抖，才發現原來我真的覺得害怕。

「要不要報警？妳上次輪胎才被刺破，現在又被潑油漆。」呂星澤這麼提議。

「連輪胎也被刺破？這樣不行。」阿紫奶奶說完，又在胸口掏啊掏的，又拿了一個平安符再幫我戴上，這是第二個了。

培秀姊問阿紫奶奶，「我們大樓外面有裝監視器嗎？」

阿紫奶奶拍著胸脯，自信滿滿的，「當然有啊！我就是大家的監視器。」

培秀姊嘆了口氣，看起來似乎是很後悔問了那個問題。

「好啦，我會再叫人來裝。」阿紫奶奶認真回答了培秀姊後，轉身握著我的手說：「奶奶說了，妳最近就是會比較不順，挺下去，過了就好了，知道嗎？」

阿紫奶奶的手好暖，好像帶了點電流，酥麻酥麻的，不知道是她的聲音讓人安心，還是她的手安撫了我的慌張，我的心情突然平復許多。

我點了點頭後，阿紫奶奶馬上甩掉我的手，像個無情的後母似的，伸了個懶腰說：「好啦！我回去睡了，大家都早點睡。」接著指著呂星澤，「年輕人，送我們家湯湯回去，要安全抵達，不然我會讓你這輩子娶不到老婆。」說完，拉了拉睡袍帥氣地離開。

呂星澤愣了一下對我說：「這奶奶……有點可怕。」

我笑不出來，培秀姊倒是笑了，「海若，如果很累，妳要不要晚上睡這裡就好，剛受了那麼大的驚嚇，回家應該會睡不好。」

我搖搖頭，「不用了，謝謝。」所有的問題都要自己解決，就算我今天可以睡培秀姊這，那下次呢？我害怕的時候，要睡誰家？

我站起身，呂星澤伸手想扶我。我搖了搖手示意，「我可以自己走。」

向培秀姊道了謝後，我和呂星澤一起離開咖啡店。他小心翼翼地扶著我的衣角，因為不敢亂碰我，又小心翼翼地護著我頭，讓我坐上車，自己卻被車門夾到。上了車，小心翼翼地脫下身上的運動夾克，蓋在我身上，卻不小心蓋住我的頭。我沒被油漆嚇死，也會因為他窒息而死。

我無奈地拉下外套，無力地看著他說：「你真的可以不用這麼小心翼翼。」

他尷尬地笑了笑，然後發動引擎，踩下油門，「妳累了可以先睡一下，到了我再叫妳。」

「嗯。」我閉上眼睛。

「呃，但是我不知道妳家在哪，可以先跟我說一下嗎？」呂星澤乾笑了兩聲。

我嘆了口氣後睜開眼，念了我住家地址，包括鄰、里，幾號之幾，一字一字唸得非常詳細，管他背不背得起來，現在的我真的好累，眼皮好重，好像全世界的瞌睡蟲都爬到我身上一樣。

呂星澤沒有再問，按了廣播，我閉上眼，聽著深夜ＤＪ好聽的聲音緩緩睡著，睡夢中隱約聽到有人在叫我，但我已經完全睜不開眼了。

讓我好好睡一下，我只記得我好像說了這句話。

不知道睡了多久，當我再次醒來，看到熟悉又泛黃的天花板，我躺在自己的床上，被子枕頭都是我自己的味道，混雜著昨天還殘留的油漆味，讓我想起昨天晚上發生的事，瞬間神經緊繃，坐起身來。

覺得自己過度緊張的反應有點可笑，我開始在腦海裡分析著所有狀況。發生的這些事，真的是有人要針對我，還是只是剛好我比較倒楣，遇見了惡作劇？

所有的情況都指向第一種，但我不停地說服自己是第二種，因為我想好好過日子，不想給自己帶來太多的恐慌。越自我說服卻越害怕，因為事實很少騙得過誰，包括自己。

騙不了自己這件事讓我有點難過，嘆了口氣，又是一個解決不了的問題。而我只能解決我能解決的事，就是去上班。

於是我伸腿要下床，結果又踩到某個人。我嚇了一跳，重心不穩跌到了一旁，放聲尖叫。被我踩的那個人，也痛得在地上翻滾大叫。

「妳是不會看路喔！」呂星澤大吼的聲音讓我停止尖叫。

我摸著摔疼的屁股，拉開窗簾，室內明亮了起來。陽光照在呂星澤的臉上，他正摸著被我踩疼的胸口，一臉哀怨地瞪著我。

「你怎麼在這？」

「不然要去哪？」

「不是啊！你怎麼會……」

「妳不要跟我說，妳忘了昨天是我送妳回來的喔！」呂星澤用著怪我忘恩負義的眼神瞟了我一眼，自顧自走到沙發坐著，還幫自己倒了杯水，好像在自己家一樣。

「我沒有忘，只是你怎麼沒有回家睡？」

「誰不想回家啊！可是妳那個樣子……」他上下打量了我好幾次，「反正就是怕如果真的有壞人，妳會有危險，就留下來了。」

「我沒事。」我說。

「如果妳硬要說沒事，讓自己看起來很堅強，就隨便妳啊！」呂星澤站起來，走進浴室。

我聽著他的話，愣在原地，心裡突然很複雜。

他洗了把臉，從浴室走出來，突然掀起T恤，指著胸口對我說：「妳看妳有多重，都被妳踩紅了。」

我回神，瞪了他一眼，「你是不會找地方睡嗎？」

他對我翻了個白眼，指著四周，「請問亂成這樣，我要睡哪？」然後走到我面前，

「看在我送妳回來的分上，早餐妳請，不用吃太好沒關係，我不介意。」

「知道了。」我沒好氣地回話。

「我先去樓下等妳，妳整理好就下來。」

我點了點頭。

他拿了自己的東西，往門口走去，突然又回頭。「對了，妳不好意思道謝也沒關係，我都知道。」他得意地笑著，還指了指自己的心口。

「神經病。」我說。

他大笑兩聲後關門，連他走下樓，我都能聽到他的笑聲，大概是能有一次這樣吐糟我的機會，讓他覺得很有成就感吧！

我懶得理他，換好衣服就趕緊下樓。走到樓下，看到呂星澤自以為帥氣地靠在牆上滑手機。

「你知道牆壁有多髒嗎？」我經過他面前淡淡地說。

他急忙站好，拉著背後的衣服一看，上面全是白白的粉。他趕緊跑到我面前，背對著我說：「快幫我拍掉。」

我只好用力地拍。他開始嚷嚷，「欸很痛耶，是叫妳拍衣服，妳幹嘛偷打我？啊、啊、痛啦！沒想到妳住這裡耶，我們公司大老闆也住附近，搞不好你們認識。」

我用力拍了最後一下，「不可能，我在這裡沒有認識的人。」

他拉好衣服，回頭對我露出白目的笑容順便酸我一下，「也對，妳那麼難相處。」

我瞪了他一眼，然後發現劉凱又站在對面看著我，看著我和呂星澤。他面無表情，我不知道應該在英國的人為什麼此刻出現在我眼前。我想不明白，也不想明白。

「走了啦！我很餓耶。」呂星澤站到我面前，阻止了我和劉凱之間的對視，伸手拉走了我。

或許是因為有呂星澤在，我並不像上次那樣情緒失控，只是有點生氣。過去他不要我的時候，覺得我不放過他，那現在究竟是誰不肯放過誰？

我坐在車上，看著窗外，決定要放過我自己，對劉凱的出現，我要視若無睹。

「我要吃早餐。」呂星澤開口拉回我的思緒。我轉頭看向他，點了點頭。

鑑於他本人說過不用吃太好，於是在送我去公司的途中，我請他停在某間早餐店前，由我本人親自下車幫他得來速。我吃過這間店的燒餅非常好吃，怕他說我小氣，我買了五份燒餅跟五杯豆漿。

坐上車，還貼心地先幫他拆了一個。

「妳有病?」他嫌棄地問。

我點點,勇於承認。

他狠狠瞪了我一眼後,不甘願地拿過燒餅吃了起來,邊吃邊碎唸,「妳這人能不能有一點中間值?可以不要一下那麼無所謂、一下那麼極端?妳知不知道中庸兩個字怎麼寫?」

我也冷冷地看了看他,拿出我的筆記本和筆,寫給他看。

「我會寫,然後呢?」我說。

「算了算了!再多跟妳說一句,會被妳氣死。」他咬了好大一口燒餅。

我笑了出來,轉過頭看著呂星澤,「我知道你要說什麼,可是我就是這樣,我不會改,也不想改,生活都那麼辛苦了,如果還不能任性一點活著,那不是太慘了嗎?」

呂星澤愣住看著我,燒餅就塞在嘴裡,也忘了嚼。我伸手戳了他鼓起來的臉頰,「咬,你要噎死了。」結果他一個心急,沒噎死倒是嗆到咳了好幾聲。我趕緊拿了杯豆漿插上吸管遞給他。

他用力一吸,又馬上噴出來。他狠狠瞪著我,「妳是想燙死我嗎?」

「sorry。」我很抱歉。

送我到銀河大樓，約好下午開會看稿的時間後，我下了車。他突然按下車窗對我說：「下午我來妳們公司開會就好，妳不要過去了。」

「為什麼？」

「沒為什麼，我車子油多不行嗎？」他說完就把車開走了。

這人真的有病。

我先走進咖啡店，想跟培秀姊道謝，順便再給她那兩瓶油的錢，但怎麼都沒有看到人，只有那些三姑六婆在喝咖啡聊是非。我走上二樓，平常白天都會開著大門的紅娘所，今天門也是關上的。

我一走進工作室，才發現大家都在這裡。丁熒在講電話，培秀姊坐在會議桌前，阿紫奶奶在一旁嗑瓜子。茉莉一看到我又衝了過來，著急地對我說：「妳終於出現了，丁熒都要報警了。」

「為什麼要報警？」我很納悶。

丁熒掛掉電話，嚴肅地問我，「妳手機為什麼都轉語音？」

我從包裡翻出手機，發現怎麼按都沒有任何反應，「沒電了。」我說。

丁熒突然提高音量，不悅地說：「就這樣？」

我抬起頭，好奇地看向她。

丁熒走到我面前，對我發火，「妳真的有夠自私的！昨天被潑油漆，是阿紫奶奶跟我們說的。妳有想過大家會擔心妳嗎？就算妳不報平安，也注意一下妳的手機可以嗎？」

茉莉想拉走丁熒，試著不再讓她繼續說。「好了啦，人沒事就好。」

「好什麼好！這兩年來，她有把我們當成朋友嗎？把我們的好意都當作是屁！每個人都有自己的祕密我可以理解，但好歹我們在工作上也一起經歷不少，也有革命情感。每次想關心妳，就是熱臉貼妳的冷屁股！」

「我並沒有要妳們這麼做。」我說。

不要管我，也不要理我，讓我這樣孤獨的過日子不行嗎？

丁熒徹底被我惹惱，用力拍了桌子一下，「對！所以我說啦，我們的熱臉都在貼妳這個尊貴的冷屁股上！」

阿紫奶奶繼續嗑著瓜子，還從冰箱裡拿了瓶烏龍茶，坐在一旁好整以暇地觀戰。茉莉繼續勸著丁熒，「好了啦，別說了。」

「為什麼妳們總是不問我要不要，就一直丟給我，再來怪我不接受？我就不想要啊！不可以嗎？只當同事，只關心工作上的事不可以嗎？妳們怎麼對我，就要求我也要這樣對妳們，誰比較自私？」我反駁。

丁熒一聽，簡直氣壞了，火大地把桌上的電話掃到地上，冷冷地看著我，「好啊，跟我們一起工作這麼痛苦，那不如拆夥啊！」

培秀姊站到丁熒旁邊安撫她，「別說這種氣話。」

「我沒有說氣話，昨天茉莉關心她，她也是這副死樣子。我不想再自作多情，把人家當朋友，人家卻覺得是負擔。我丁熒這輩子還沒有這樣對一個人低聲下氣過，我對她的體諒到此為止。」丁熒說完，拿了自己的東西後就離開。

茉莉嘆了口氣，走到我面前，「早上阿紫奶奶說妳被潑油漆，我就打電話給丁熒。她一到工作室，就去隔壁社區調監視器，看昨晚那段時間有哪些人在這附近出沒，整個早上都在忙這件事。一早上我也都在打妳的手機，都直接轉語音，按妳填的人事資料到資料上的住址找妳，按了好久門鈴，也沒有人回應。我們找不到還有誰可以問，真的快要嚇死了。」

茉莉說著，紅了眼眶，哽咽了起來，「強迫妳接受我們的關心，我很抱歉，因為我喜歡妳，丁熒也喜歡妳，我們不只一次慶幸，能認識妳是我們多大的幸運，但我不知道我們給妳的壓力這麼大。丁熒說拆夥的事，我沒有任何意見，妳們兩個都開心，對我來說最重要，我去銀行了。」

茉莉說完後，也拿了包包離開。

培秀姊看著我，拍拍我的背安慰我，「不知道妳受過什麼傷，但這個世界上，並不是每個人都是壞人啊！別想太多了。」說完後，培秀姊也先下樓了。

阿紫奶奶起身，拍掉身上的瓜子殼，什麼都沒有對我說，只是拍拍我的肩膀，大大嘆了口氣，也離開了。

就這樣，我成了壞人。

不，我的確是壞人，我的確是自私的人，她們說的都沒有錯。我為了不付出，而要別人也別對我付出。

我呆坐在位置上，覺得日子好難，未來也不會再來。

我就這樣放空，直到呂星澤走到我面前，叫了我好幾聲，我才醒過來，好奇地問：「你怎麼來了？」

「來開會啊。不是約這時間嗎？妳在發什麼呆啊？怎麼全公司只有妳一個人？」呂星澤邊說邊自行參觀起辦公室，走到一旁的樣品區，看著人形模特兒身上穿的內衣，欣賞了起來。

「怎麼那麼早來？」

「會嗎？都兩點了。」呂星澤指著一套粉色系的內衣說：「其實男人不愛看女人穿粉紅色內衣。」

我懶得理呂星澤，轉頭看了一眼時鐘，才發現真的兩點了。我竟然花了三個多小時的時間發呆，真的是太扯了。趕緊拿了昨天畫好的圖稿出來，走到會議桌，喚著捨不得離開樣品區的那個男人。

「可以開會了。」我說。

他依依不捨地走到會議桌前坐下，看了我一眼，「妳臉色怎麼比早上更差，又被潑什麼了？」

我苦笑，不知道怎麼回答他。

把圖攤開給他看，開始講解這次的設計理念。紅、白、黑三色系代表的性感意涵，然後拿了幾件可能會選用的內衣材質布樣，要呂星澤摸看看。

他摸了一下，有點臉紅，「這畫面是不是怪怪的。」

我看了他一眼，無奈地笑著點頭，「是你長得怪怪的，所以做什麼事，看起來都很怪。」

「妳這人講話真的很不討喜。」他瞪了我一眼。

「對啊。」我承認。

他看著我，愣了一下，又低下頭看著材質跟設計稿，接著說：「黑色這套我沒意見，但紅色這套顏色不對，很像紅包。白色這套的話，薄紗部分再多一點就可以。」

我點了點頭，拿筆記下他的意見。

「修改的話，需要多久時間？」他問。

「三天。」

他點了點頭，「定稿後，多久可以拿到樣品？」

「可能需要五天。」我說。

他拿起手機看了一下行事曆，「ＯＫ，沒問題，在進度內。」

我開始收拾桌上的東西，呂星澤看向窗外，突然對我說：「妳要不要早點下班，趁天還沒有暗之前？」

「不要。」事情那麼多，哪有時間提早下班。

我繼續收著東西，然後回到自己的位置上，準備開始工作。而呂星澤還坐在會議桌前，一下滑著手機、一下緊盯著我，我被看得很不自在。

「你不回去嗎？」我說。

「等妳下班。」

「幹嘛等我下班？」

他抬起頭，對我翻了個白眼，「欸，我也很想知道我為什麼要等妳下班。誰叫我知道妳被刺破輪胎，還被潑紅油漆，還有個男人在妳家門口盯著妳猛看？我這人俠義心腸，不想見死不救。」

「你有看到那個男的？」我很驚訝。

他一臉受不了的神情，「我又不是瞎子，他就是妳那個壞掉的包包裡那張照片上的男生啊。」

我恍然大悟，瞪呂星澤一眼，「你為什麼翻我的包？」

「因為我想看看有沒有聯絡資料，好把三萬塊再甩回妳臉上，結果就只有看到那張照片。妳放心，就算你們拍照姿勢很像情侶，我也不會問那男的是誰，我沒有那麼八卦。」

他繼續低下頭滑手機。

我瞪了他一眼，好掩飾過去傷痛被揭發的困窘。低頭開始改圖時，他又突然說了一句話，「不過妳前男友以前比較帥，現在太瘦了。」

「呂星澤！」我吼了他的名字。

他抬頭，給了我一個燦爛的笑容，「有！我在這保護妳，妳快上班。」

差點沒被他氣死，「你真的不用留下來。」我咬牙切齒地說。

「妳不用招呼我，快點忙吧！」他說完，我聽到手機傳來鏗鏗鏘鏘的聲音，他已經玩起手機遊戲。

我也不想再理他，趕緊修稿，這期間還得接聽各種電話。每聽到要找茉莉或丁熒的電話，我的心總會莫名其妙揪一下。要怎麼面對她們？現在我真的沒有頭緒。

「好了嗎？」呂星澤問。

「再等一下。」我邊改圖邊回答。

不知道過了多久，呂星澤又問：「好了嗎？」

「再等一下。」我仍邊改圖邊回答。

重複了好幾次，呂星澤突然很可憐地趴在我的桌前，「我快餓死了。」

我看了他一眼，淡淡地說：「去吃東西啊！」

「妳不吃嗎？」

「不餓。」我說。

他站起來，指著時鐘，不可思議地看著我，「拜託一下，都八點半了，妳還不餓，妳這個人有胃這種器官嗎？」

我抬起頭，才發現天黑了。

「你餓你就去吃啊！」我說。

呂星澤直盯著我看，感覺並不打算自己去吃飯，一副要繼續跟我僵持下去的樣子。但我也沒有打算理他，我繼續改圖，他也繼續盯著我，直到我因為他的視線干擾，怎麼畫都不順心時，才把畫筆一丟，起身拿了包包，「走，下班吃飯，這樣可以了吧！」

他露出得意的笑容。讓他贏一次，有這麼開心嗎？

我和他一起走到門外。鎖好工作室的門時，辦公室裡的電話突然響起。我猶豫著要不要再開門進去接聽，轉頭看了看好像餓壞了的呂星澤，他竟貼心地看著我說：「去接電話吧！我可以等妳。」

我點點頭，打開門，走進工作室，電話仍響著。忍不住在心裡讚嘆打電話的這個人還真有耐心。

我拿起電話，「WeUp，您好。」

「海若嗎？是海若嗎？」舅媽慌張的聲音在我耳旁響起。

「是啊！舅媽妳怎麼會打公司電話？」我有點驚訝。

「妳媽燒炭自殺了。」舅媽說著哭了出來。

我愣在原地，腦筋一片空白。不敢相信媽媽真的這麼做，不敢相信她真的有膽子這麼做，不敢相信她始終沒有想過我這個女兒，不敢相信她寧願為了父親去死，也不願為我這個女兒活下去。

呂星澤的聲音在我背後響起，「好了嗎？」他見我拿著話筒動也不動，便從我手中抽出話筒，拿過去靠在他自己的耳邊，朝電話那頭發出聲音，「喂？喂？」

我轉身走開，憤怒到達了頂點。我全身都在發抖，但不是難過，更不是害怕，是生氣。太氣太氣了，氣到咬破了嘴唇，血腥味在我嘴裡漫開。氣到握緊了拳頭，指甲用力地壓在掌心，卻一點也不覺得痛。

當我從包包裡翻出車鑰匙，打開門時，呂星澤一個箭步上前，把車門關上，搶走我手上的鑰匙，「妳現在這樣不能開車，我送妳過去。」

我完全沒有辦法回應，氣到全身僵硬，被呂星澤塞進他的車裡。他按下廣播，傳來了悅耳的音樂，但我腦子裡都想著那個不負責任的媽媽，還有我看到她時第一句話要說什麼。

我全身都在發抖。

停紅綠燈時，呂星澤突然握住我的手，對我說：「放輕鬆、放輕鬆。」第一次看到他這麼溫柔的眼神，我愣了愣，原本僵直的背瞬間癱靠在椅背上。他把座椅放低，讓我躺下，「妳先休息一下。」

我閉上眼睛，想起的，都是母親拿著照片背對著我，思念父親的模樣。我很想為大眾所認知的那種偉大媽媽正在生死存亡關頭而哭，但想到我的媽媽是那麼自私，就一點也不想哭，一點也不想。

我的媽媽不愛我，不知道何時開始，我也無法愛她。

花了一個多小時，到了醫院，我心情已平復許多。我坐起身對呂星澤說：「謝謝你送我過來，你回去休息吧！」說完，我下車，走進急診室時，仍是很平靜。

應該很平靜，至少沒有發抖了。

直到我在某張病床上，看到老去的母親沒死成的狼狽樣子，憤怒又瞬間升到最高點。我火大地走到病床旁，舅舅和舅媽看到我來，難過地你一言我一語，「晚餐叫妳媽，她又不吃，我就煮了粥送進她房間……」舅媽還沒說完，舅舅就紅了眼眶，「結果她在房間裡頭燒炭。怎麼可以這麼沒有良心！」

「急救了好久，醫生說現在昏迷指數是3，怎麼辦？海若，妳媽怎麼這麼不想不開？」舅媽痛哭了出來。

昏迷指數3。

我心跳差點停止，我看著她戴著氧氣罩，身上插著各種管子。我心揪著，但當我聞到她頭髮散發出的火炭味，隨即壓垮了我僅有的理智。她這麼想死，我怎麼能不成全她呢？

我伸手把她的氧氣罩拉下。舅舅和舅媽嚇了一跳，「妳在幹嘛啊！海若！」舅舅伸手想搶回我手上的氧氣罩，但我不給，對著舅舅說：「她想死就讓她死啊！讓她去死啊！才離婚個就要去死，她憑什麼活下去？這裡有多少人是拚命想活下去的？」

我看著急診室裡的每一個患者，他們比我媽更有資格活下去。

「妳在講什麼話，她是妳媽耶！妳怎麼可以這樣？」舅舅還在跟我搶氧氣罩。

我們成了急診室裡吵到不要命的那一床。護士小姐眼神帶著怒氣，板著臉朝我們走過來時，突然有人從我手裡搶過氧氣罩。我回過頭一看，竟是呂星澤。我生氣地對他吼，「你幹嘛？」

呂星澤沒理我，把氧氣罩交給舅舅，舅舅趕緊幫媽媽戴上。我發了瘋似地想再搶過來，護士小姐冷著臉對我說：「小姐，請妳不要再做這麼危險的動作，再吵下去，我要請妳離開。」

「哪裡危險？她想死，妳們幹嘛救她？幹嘛浪費力氣救她？」看到母親自殘的模樣，我整個人像是身體突然鬆掉了某顆螺絲一樣，無法控制自己的任何一個行為。

呂星澤從後頭抱著激動的我，我仍想伸手去拔掉媽媽身上的所有管子，拔掉所有維持她生命的器具。這樣對待我，這樣對待舅舅和舅媽，她有什麼資格活下去？

見我無法控制，呂星澤直接半抱半拖地把我帶出急診病房。我瘋狂地想掙開，他卻抱得更緊，把我抱到打烊的服務台前座位丟下。我跌坐在椅子上，下一秒又想起身衝去急診室。

他奮力攔著我，我只能把氣出在他身上，伸手打他揍他踢他。他完全沒有還手，我打到失去力氣時，突然全身發軟，癱坐在地上，然後不自覺哭了出來。

聽到自己的哭聲，越不想哭卻又哭得越大聲。

呂星澤蹲到我的面前，看著我，嘆了口氣，「我知道妳不會改，但這麼極端，到底對妳有什麼好處？」

無論再怎麼擦，眼淚還是不爭氣地流出來。

呂星澤伸手把我擁入懷中，輕輕拍著我的背，嘴裡哼起歌來，「寶寶睡，寶寶睡，窗外天已黑，小鳥回巢去，太陽也休息到天亮，出太陽又是鳥語花香。」

最想聽媽媽對我唱的搖籃曲，卻是這個男人為我唱了。

第六章

再見了，此生再也不見。

哭累了，我整個人縮在服務台前的長椅上。

「你可以回去了。」我用著哭壞了的嗓子，對坐在我一旁的呂星澤說。

他泡著泡麵吃。空無一人的掛號大廳，彌漫著泡麵的香味。「妳要不要吃？」他說著，挾了一口到我面前。

我搖搖頭，看了一眼大廳上方的大掛鐘，淩晨三點十三分。

「很晚了。」我說。

他看了我一眼，「還是妳想吃別的？」

「不用了。」我說。

他聳聳肩，繼續吃泡麵，我也累得沒有力氣再跟他說什麼。想著躺在病床上的媽媽，心情仍很難平復，被這樣隨便丟下的難堪和憤怒，實在是很難自己解決。

我閉上眼，任由無奈的空虛感侵蝕我全身，我真是個沒有福氣的人。

當你這輩子遇到的都是壞事時，你真的會很難想像這世界上會有好事發生。我想，該去死的人，除了我媽以外，還有我，為什麼要如此淒慘地活下去？

想想，我的人生，真的沒有什麼值得留戀。

就這樣閉著眼睛，我陷入了昏睡，然後夢見了我媽。她就站在我的眼前，一直看著我，什麼話也不說。當我想開口時，她卻跑了。我在後頭一直追、一直追，卻怎樣也追不到。最後，我媽消失在我面前，化成一道白光，閃得讓我睜不開眼睛。

我突然驚醒，從明亮窗戶透進來的陽光照在我的臉上，身上有件醫院的毯子滑到了地上。我回過神撿了起來，轉頭看到呂星澤整個人縮在我一旁的椅子上熟睡著。我把毯子蓋到了他身上，卻驚醒了他。

他伸了懶腰，一臉痛苦，「我的腰要斷了。」

「為什麼不回去睡？」我問。

「妳要吃早餐嗎？」他問。

「你趕快回去吧！」我說。

「吃燒餅油條，還是漢堡夾蛋？」他說。

「謝謝你昨天晚上送我來。」

「要喝咖啡還是奶茶？」他笑著問我。

我看了他一眼，才發現他眼角有點瘀青，「你眼睛旁邊怎麼腫起來了？」

「妳打的啊！還有什麼好問的。」他起身拉了拉自己睡皺的衣服。

「對不起。」想到昨天失控的自己，覺得很丟臉。

「反正昨天妳睡著的時候，我也偷捏了妳幾下，扯平啦。」他開玩笑地說，我也如他所願地苦笑了出來。

他一臉驚慌，「拜託妳不要笑，很可怕。」

「海若。」舅舅的聲音突然在我背後響起。我回過頭看見憔悴的他，有這樣的妹妹和姪女，真的夠辛苦他了。

舅舅走到我面前告訴我，「妳媽轉到加護病房了，醫生正在巡房，妳要過去了解一下狀況嗎？」

我無奈地點了點頭後，轉過頭對呂星澤說：「你快回去吧，真的……很感謝你。」他搖了搖頭，給了我一個很溫暖的笑容。

那一瞬間，他看起來像是個天使。

「這位是？」舅舅看著呂星澤問。

呂星澤急忙恭敬地自我介紹，「我是海若的朋友，呂星澤，您好，叫我阿澤就可以了。」說完，手還在身上衣服抹了兩下，才敢伸出來和舅舅寒暄握手。

舅舅也很客氣地回應，「謝謝你啊，阿澤，我是海若的舅舅。」

「舅舅好，那我就回台北上班了。」呂星澤乖巧地喊著，和舅舅兩人離情依依了許久才離開。

和舅舅走到加護病房時，舅舅對我說：「昨天晚上，我聯絡上妳爸了，他說今天會趕回來看妳媽。」

「幹嘛聯絡他？」我有點生氣。

「再怎麼說，他們還沒有離婚，他還是月英的丈夫，是妳的爸爸，他難道沒有責任和義務回來看一下嗎？」舅舅也不高興。

我轉頭看著舅舅，冷冷地說：「二十幾年來，他都沒有盡到半點責任和義務了，你為什麼會以為他現在就肯了？」

舅舅無語。

我走進加護病房，洗了手，戴上口罩，醫生正好在母親病床前查看各項數據，舅媽也在一旁。我和舅舅走到病床旁，醫生對我們說明母親現在的狀況。燒炭再加上吃了安眠藥，目前狀況非常不樂觀，到明天晚上都是關鍵時間，就算挺過了仍有成為植物人的風險。

舅媽一聽，哭了出來，舅舅也紅了眼眶。我不知道該怎麼反應，醫生的話，一直重複在我腦海裡轉。我看著病床上的母親，什麼話也說不出來，舅媽摟著我的肩大哭，我卻面無表情，看起來冷靜得不近人情。

我就在母親的床邊站了半小時，直到探視時間結束，所有的家屬離開加護病房後，我跌坐外頭長廊的椅子上，腦子裡仍是一片空白。

舅舅擔心地看著我，「我們晚上再來吧！晚上探視時間是七點半，先回家休息，妳也累了。」

我不知道自己是怎麼回答舅舅的，我只知道是舅媽扶著我離開醫院。

回到舅舅家門口，我下了車，附近的鄰居看見陌生的我，竊竊私語著「那月英的女兒喔！好久沒看到了」、「要不是她自殺，我看這女兒也不會回來」、「唉唷，看月英那個樣子，也不能怪她女兒啦」、「可憐喔！好好人不做，就這樣要去死」、「住在這種人隔壁真的很危險，房子燒起來怎麼辦？她要死，我們還不想死啊」。

我聽著音量過大的私語，無力地走進舅舅家，緩緩的走到一樓後方媽媽的房間。門一打開，凌亂的被褥，被厚膠帶封死的窗框，地上還有兩盆用來燒炭的小火爐，和幾條用來塞門縫的抹布。

舅媽趕緊走到我旁邊，想把我拉出去，但我卻坐到了床上。

舅媽開始撿起抹布，想把膠帶撕開。我制止了她，淡淡地說：「舅媽，不要收，如果我媽有命回來的話，讓她看看自己是怎麼糟蹋自己的命。」

舅媽嘆了口氣坐到我旁邊，難過地對我說：「海若，不要怪妳媽媽好不好？她這一生為了愛妳爸，吃了太多苦。」

那為什麼不要愛我就好？

「我知道妳很委屈，舅媽真的知道，看妳這樣，我跟妳舅舅有多心疼，妳就想著這都是注定好的，妳媽上輩子可能欠了妳爸很多，所以這輩子來還。妳也是，所以不是妳的錯，這是命運啊！」

真是去你媽的命運。

舅媽摸了摸我的頭，握緊了我的手，「妳知道舅媽和舅舅真的很愛妳，不管接下來怎樣，我們都可以讓妳依靠的，妳不是一個人，知道嗎？」

我真的不是一個人嗎？

舅媽見我沒有回應，嘆了口氣，緊緊地抱了我一下，「我去煮午餐，妳要多吃一點，妳變得好瘦，先休息一下，別想太多了。」

舅媽離開後，我躺在母親尋死的床上，流下了眼淚。

吃午餐的時間，舅舅和舅媽明明也沒有食慾，卻也故作輕鬆地對話，然後大口吃給我看，好讓我知道，不管發生什麼事，飯都要照吃。為了不辜負他們的苦心，我也跟著大口吃，把食物塞到胃裡的過程，很痛苦。

「海若，等下吃完飯，妳就先去睡一下。妳的房間，舅媽都有定期幫妳整理，很乾淨的。妳小時候最愛的那條浴巾，舅媽也沒有丟。」舅媽夾了塊雞腿到我的碗裡。

我點了點頭，把雞腿吃光，把所有舅舅和舅媽放到我碗裡的食物全吃完。結束午餐，我第一件事就是到廁所吐了。

吐得很小聲，不想讓舅舅和舅媽難過。

我回到房間，這裡仍跟以前一樣，沒有變過，當我到台北上大學時，回苗栗工作的大表姊想要住我的房間，因為三個孩子的房間，我的最大間也最漂亮，卻被舅舅罵了。

因為舅舅的偏心，大表姊和二表姊很討厭我。所以她們結婚時，我都只包了紅包，沒有出席。

可以的話，其實我多想跟她們交換。畢竟自己爸媽再疼愛別人，他們終究是我一輩子的靠山，可以讓我盡情撒嬌耍脾氣，而不用擔心就此不愛我。

我翻著過去的東西，看到了謝天宇在課堂上傳給我的紙條，還有他寫給我的情書，我們一起看的第一場電影票根，我們一起去旅行的火車票，我們的所有回憶。

十八歲失去他時，我以為會天崩地裂，但也沒有，總得要比較過，才知道什麼是真正的地獄。在此刻，我突然很慶幸，謝天宇沒有和這樣的我在一起，恭喜他，他選擇離開我是對的。

我想起那天和他在一起的太太，他們看起來很相配、很幸福的樣子。這一瞬間，我完完全全可以原諒他了，他對我的傷害，已經不算什麼，在這一秒化為塵土，散落在空氣中。

壓在我心裡某個沉重的包袱，被解開了。

因為和媽媽自殺的事比較後，很多壞事都可以被原諒了。

我把那些東西丟進垃圾桶。日子已經夠難過了，我身上不想再多背上一個沉重的回憶。我躺到床上，昏昏沉沉睡去。

一直睡到七點多，舅舅才到房間把我叫醒，「看妳這麼累，很想讓妳繼續睡，但是還是要去看一下妳媽。」

我全身痠痛地坐起身，點了點頭。

和舅舅、舅媽一起到醫院，走到加護病房時，父親已站在門口。我看著老去的父親，雖是白髮仍挺拔俊秀。舅舅很想教訓他，卻被舅媽攔住，「看月英要緊。」

舅舅深呼吸了一口氣後，先走進加護病房，舅媽跟了進去。

我和父親對視著，他看我的眼神很陌生，似乎是認不出自己女兒一樣，我在心裡冷笑，從口袋裡拿出口罩，轉頭跟在舅媽後頭走了進去。

四個人站在媽媽的病床旁，沒有人說話。

父親突然對著舅舅說了一句，「海若沒來嗎？」

戴著口罩的我笑了，還笑得很大聲，至今父親仍以為我是二表姊婉儀嗎？

舅舅火大地走到的父親旁邊，伸手揪了他的衣領，把他拉出加護病房。舅媽嚇得趕緊跟了出去，在加護病房大門關起來之前，我聽到舅舅罵了我的父親一句，「你根本連畜生都不如。」

我站在母親病床旁邊，笑出了眼淚，「妳的丈夫，到現在還是不知道自己女兒長怎樣，到底是我失敗，還是他失敗？」

母親的眼皮動了一下，我不知道是不是我的錯覺，但我告訴自己不是，母親是真的聽到了。我就這樣站在她旁邊，看著她虛弱的樣子，心逐漸痛了起來。

探視時間結束，我離開加護病房，走出來後，看到父親和舅舅各坐在兩端的椅子上，兩個人都很狼狽。男人不管到幾歲，都很愛用拳頭解決事情。父親起身走到我面前，我拿下口罩，冷冷地看著他。

「現在才發現妳跟妳媽長得很像。」他這麼說著。

總是說些讓人無語的話，是想說因為跟妳媽長得太像了，所以我也讓妳自生自滅，像妳媽一樣嗎？

我看著父親，有血緣關係，卻沒有感情的人，就是陌生人。

「你不用再來了。」我說。

「如果妳媽醒了，好好勸妳媽吧！」

「勸什麼？」我問。

舅舅又激動邊吼邊衝向父親，「人躺在裡面，還不知道接下來是生是死，你竟然還有心情講這些？」舅媽趕緊抓住舅舅，「好了啦，冷靜一下啦！你有高血壓捏，不要忘了。」

我看著父親，冷冷回應，「如果她有命活過來，我會要她無論如何都不要和你離婚，糾纏你一輩子。有本事的話，你就等她死。」

「妳這女孩子怎麼這樣講話？」父親惱羞成怒。

「你可以問一下我那個只會生不會教，連自己女兒都不知道長怎樣的父親，他會跟你說為什麼。」

「妳！」父親一聽，火大地舉起手，像是想賞我巴掌。

舅舅掙開舅媽的手，走到我和父親中間，把我護在後頭，「你有本事動這個小孩看看，你讓這個孩子吃了多少苦，你今天好意思教訓她？」

我把舅舅拉到我後面，我已經不需要被保護了。我告訴父親，「舅舅找你回來，是以為你還有一點良知，看起來是他想太多了。」

那個說是父親的人氣得火冒三丈。

我轉過頭對舅舅和舅媽說：「我們回家吧。」舅媽點頭，勾著舅舅離開。舅舅仍不時回頭瞪父親，我跟在他們後頭，如果非得要有種樣的父親，真的倒不如沒有。

有些東西，有了，也不會比較快樂。

回到家，舅媽想煮晚餐給我吃，但我拒絕了，直接上樓，邊走邊聽到舅舅自責地對舅媽說：「早知道就不打那通電話，真的只會氣死自己。在大陸養二奶生兒子，就忘了台灣的老婆和女兒，這種沒良心的人，我還在盼望什麼！」

我停在樓梯上，聽著舅舅開始哽咽，舅媽出聲安慰。

人生就是這樣吧！總是盼著那些不可能發生的事，期待奇蹟。

最諷刺的是，我的奇蹟是想要有一對愛我的父母，別人毫不費力擁有的，我這輩子想都不用想。

回房間後，我癱在床上，完全沒有力氣動，眼睛一閉，就又昏睡了過去，直到早上舅媽喊我起床，我才迷迷糊糊醒過來。

「海若，快趕不上早上探視時間了。」舅媽在床邊搖著我。

我無力地坐起身，舅媽的臉在我眼前，忽遠忽近，我的視線很難集中。舅媽見我不太對勁，摸了一下我的額頭驚叫，「海若！妳在發燒耶。」

我摸了摸自己的臉，才發現真的有點燙，但我還是下了床，「沒關係，先去看我媽。」

「妳這樣怎麼去啦！」舅媽又想扶我回床上。

這樣去剛好啊！反正都是在醫院，真的暈倒還是怎樣，連救護車都不用叫，不是很剛好嗎？

我拿了小外套，緩慢地走下樓，舅媽也拿我沒辦法。去醫院的路上，她不停跟舅舅說，看完我媽後一定要帶我去掛急診，我倒是很滿意現在的狀態，因為病了，就沒有力氣想太多。

昏昏沉沉地到了醫院後，我戴上口罩，洗了手，走近母親的病床，希望她看起來能比昨天再好一點。但她還是那個樣子，醫生也還是那句老話，狀況不好，要我們有心理準備。

我沒有回答，我不知道要準備什麼，面對可能發生的親人死亡，我們到底得做什麼準備？而到底要準備什麼才能面對這一切？

我和舅舅、舅媽三人無語，只能看著母親，讓時間分秒過去。舅舅不停喊著媽媽的名字，舅媽不停唸著經文，我卻什麼也做不了。

探視時間很快就結束了，我們走出加護病房，遇見了正要進去的父親。舅舅阻止了他，「時間到了。」

父親停步。

剛好護士小姐叫住了舅舅和舅媽，我和父親走到外頭長廊。看到他走回外頭一對母子身旁，女人看起來約四、五十歲，保養得不錯，穿著打扮得宜。兒子約十七、八歲，長得非常像我父親。我冷笑地看著這一幅天倫和樂的家庭畫面。

「媽都還沒死呢，你這樣是什麼意思？」我看著父親，心灰意冷。

女人趕緊出來打圓場，走到我面前，笑得非常親切，「妳一定是海若吧！對不起，是我纏著妳爸要來的，想來看看姊姊。」

「我媽只有一個哥哥，妳哪位？」我瞪了她一眼。

「怎麼可以這麼沒有禮貌！」父親教訓起我。

我這沉重的身軀，因為憤怒活了過來，吼了父親，「我現在沒有給這女人一巴掌，已經是算很有禮貌了。少用父親的身分來壓我，你養過我嗎？你憑什麼對我大小聲？你們都給我滾！滾！」

我用盡力氣推著他們，女人重心不穩被我推倒在地，父親一巴掌就過來了。我還來不及感到痛的時候，也已跌坐在地，整個人頭昏眼花。

「你再動手試試看！」丁熒憤怒的聲音在我頭頂上傳來。

茉莉也不知道時候出現在我旁邊，著急地問：「湯湯，妳有沒有怎樣？」把我扶起來的是呂星澤，他幫我拍走了身上的灰塵，摸著我的額頭和臉頰後，突然轉身離開，茉莉接手扶住我。

「我終於知道為什麼湯湯從來不肯跟我們說家裡的事，原來有你這麼糟糕的爸爸。」我看著丁熒一付要吃掉我父親的樣子。

「丁熒，別說了。」我不舒服到覺得下一秒就會暈過去。

女人楚楚可憐阻止發怒的父親，「別這樣，都是我不好，早知道就不要硬要你帶我來了，我真的只想跟姊姊道個歉。」

丁熒翻了個白眼，不耐煩地對著女人說：「可以別裝可憐了嗎？本來就是妳不好啊！和有婦之夫在一起，破壞別人的家庭，造成今天這種局面，還敢說要道歉，有本事把丈夫還給人家啊！」

「妳不要凶我媽。」在一旁的男孩跳出來護著自己媽媽。

這種狗血家庭劇，竟活生生發生在我身上，出現在我眼前，我成了整條長廊上來往人們的笑柄。

舅舅和舅媽走了出來，看到外面亂成這樣，看到我紅腫的臉頰，舅舅又衝上去揪住父親的衣領吵了起來。舅媽拉著舅舅，女人和兒子拉著父親，丁熒在旁邊吆喝，亂成一團。

和我的人生一樣。

就在我整個人無力，差點跌坐在地時，呂星澤又突然出現。他一把將我抱了起來，放到一旁的椅子上，拿了冰袋敷上我的臉頰，我這才有一種活過來的感覺，卻突然眼前一黑，就什麼都沒有看到了。

我暈了過去。

夢又做了好長，夢裡的媽媽仍是不理我，自顧自走著，無論我喊得聲嘶力竭，她都未曾回頭看我一眼。這次出現的不是白光，而是我看見她，跳入了一個黑洞，在我眼前被狠狠吞沒。

我再次驚醒。

頓時好幾顆人頭出現在我面前，舅舅、舅媽、丁熒、茉莉，還有呂星澤。他們一臉擔憂地望著我，護士小姐的聲音傳來，「請大家退後。」

人頭瞬間在我面前消失，護士小姐秀麗親切的臉龐對著我微笑，「湯小姐，幫妳量一下體溫喔！」

我還沒有說好，耳溫槍就已經插入我的耳裡，嗶了一聲，護士小姐看了一下耳溫槍的數字，「好了，退燒了，再休息一下，等等批價領藥完，就可以回去了。」

「謝謝啊，護士小姐。」舅媽客氣地道謝。

護士小姐離開後，剩下我們幾個人大眼瞪小眼，我看著丁棨和茉莉覺得很尷尬，大家看我們尷尬，也開始不自然了起來，舅媽突然說：「我去買點吃的，晚了，我來不及煮晚餐，先隨便吃一點。」

舅媽拉著舅舅離開，呂星澤則是跟了出去，「我去上廁所。」

留下丁棨、茉莉和我。

她們毫不掩飾眼裡的同情，茉莉看著我，莫名其妙地紅了眼眶。我嘆了口氣，「不用同情我。」

丁棨抬頭瞪了我一眼，「不能同情嗎？對妳沒有感情，怎麼同情妳？妳看過我同情過誰了嗎？」

我搖了搖頭，不是沒看過，而是「沒機會看過」。

「所以說妳幹嘛要跟我們保持距離，當同事就沒有感情了嗎？是不能一起吃飯、聊天，不能關心妳一下嗎？」丁熒發洩般地說著。

「對不起，是我真的很難相處。」我直接道了歉。

丁熒被我的道歉嚇了一跳，突然支吾地解釋起來，「其實前幾天說的那些話，只是氣話，妳不要介意，事實上，我踏出工作室的那一秒就後悔了，但妳那個拒人於千里之外的樣子，實在太機歪，我一口氣吞不下。」

茉莉看著我繼續說：「吵完那天晚上，這位丁小姐喝個爛醉，跑來我家，一直說不知道要怎麼跟妳道歉，盧了我一個晚上。」

我苦笑，「該道歉的人是我，我的防備心很強，讓妳們委屈了。」

茉莉笑著搖頭，「是妳辛苦了。」

丁熒坐到我床邊，「妳知道舅舅和舅媽很疼妳嗎？」

我點了點頭。

「那妳是不是能為了這些愛妳的人，試著打開心胸？」

我看著丁熒，不知道該怎麼回應，她繼續說：「我不敢說要為了我啦！畢竟我真的沒有為妳做過些什麼，但妳也要試著對我說妳想要什麼，我才能為妳做。我和茉莉真的真的真的很願意為妳做些什麼。」

「不是因為妳是夥伴，也不是因為妳是股東，就只是因為妳是湯海若。」茉莉接著說。

丁熒用力地點頭。

我看著她們，眼淚在我眼裡轉啊轉。茉莉拿了衛生紙給我，「這時候，妳就可以大聲哭出來，我們就算不能幫妳哭，至少可以幫妳擦眼淚。」

眼流最終還是流了出來。

我們三個人流著眼淚，各自擦著自己的淚水，然後尷尬地看著彼此的失態，不好意思地笑了。

舅媽、舅舅和呂星澤同時進來，手裡都提了一大袋食物。因為我不想睡在媽媽躺過的急診病床上，於是我們一行人到了加護病房外，在等待開放探視的時間前，坐在椅子上吃著晚餐。我看他們和樂融融地聊著，我卻一句話也不想插嘴，很怕我一開口，眼前這如夢的美好，就會被我破壞殆盡。

「妳幹嘛不說話？」呂星澤坐在我旁邊，小聲地問著。

「聽你們說就夠了。」夠暖了。

「妳是不是在生我的氣？」

「為什麼？」

「因為我把妳的事告訴丁熒她們。可是我也是無可奈何，只是要幫妳請個假，本來不想說的，但丁熒……」

「說會想辦法摧毀你。」我接了下去。

他很意外，「妳怎麼知道？」

我笑了笑，因為她只要在外面跑業務不順，回到公司的第一句就是，「我一定要想辦法摧毀那間爛公司。」

舅媽收著吃完的便當盒，對丁熒和茉莉說：「晚上妳們就睡我大女兒房間，雖然她嫁出去了，但我先生還是堅持要把房間留著，我都有定時在清，很乾淨的。」接著對呂星澤說：「不好意思，我家都女生房間，就麻煩你打個地鋪了。」

三人同時笑著回答舅媽，「沒問題。」

我好奇地看著他們問：「你們不回去嗎？明天都還要上班呢。」

丁熒搖了搖頭，「不回去啊！阿紫奶奶要我們無論如何，今天晚上一定要陪著妳。」

加護病房的大門突然開了。護士小姐跑了出來，對著外面在等待的家屬們喊著，「請問有許月英的家屬嗎？許月英的家屬在嗎？」

我趕緊走過去拉著護士小姐的衣服，「我媽怎麼了？」

她遺憾地看著我，「病患的血壓一直在降。」

我腦袋一片空白地走了進去，病床拉起了布簾，護士急忙走進，又另一個護士快步走出，布簾裡頭傳出來令人緊張的各種聲響，我緩緩靠近，期待布簾拉開後，母親已經醒過來了。

但在我還來不及伸手拉布簾時，醫生走了出來，和我面對面。我從布簾間的縫隙看到母親，氧氣罩被拔掉了，身上的各種管子也不見了。醫生開口拉回我的注意力，可是我只看到的見醫生的嘴巴在動，他說了什麼我完全沒辦法聽清楚，耳朵裡都是嗡嗡嗡的聲音。

醫生離開的那一刻，在我身後的舅舅和舅媽哭了出來。

我走進布簾，看著媽媽蒼白的臉龐，無聲無息地躺在病床上。我伸手碰著她動也不動的身體，舅舅和舅媽走了進來，趴在床邊哭了起來。

我轉過頭，看著舅舅，「為什麼要哭？」

舅舅卻哭得更大聲了。男子漢大丈夫，哭得一把眼淚一把鼻涕，舅媽要安慰舅舅，自己哭得更慘。他們不回答我，我只好轉過頭看著床上的媽媽，看著護士走進來推走一旁的機器，我好奇地問她，「為什麼不用了？」

護士愣了一下，低頭快步地把機器推出去，「為什麼不用了啊！不是應該插著的嗎？」我拉著護士繼續問。

「海若！」呂星澤拉開了我，阻止我繼續騷擾護士。

茉莉哭紅雙眼，走到我旁邊，抱著我，「湯湯，伯母會去好的地方，妳不要難過。」

「好的地方在哪？我媽要去哪？」我好奇地問著茉莉。我那個受苦了一輩子，最後自殺死掉的媽媽，還能去哪裡？

茉莉流著眼淚在我耳邊說著，「湯湯，妳不要這樣。」

丁熒把茉莉拉到一旁，哽咽著說：「妳先別吵她，讓她平靜一下。」

我看著母親的身軀不再因為呼吸而有起伏，想起了小時候，我為了引起她的注意，曾經躲在櫃子裡一天一夜，差點死在裡面。是舅舅找到我的，媽媽根本不知道我不見了。

我知道一切都是白搭。

當初和劉凱分手後，我過得生不如死，為了獲得安慰，我回到苗栗住了一陣子。我希望母親可以安慰我，我想要她伸手擁抱我，輕聲告訴我，分手了沒關係，妳還有媽媽，妳還會在未來遇到更好的另一個人。

但是她沒有。

我告訴我她，我失戀了，我的男人被好朋友搶走了。她聽我訴說痛苦，卻無關緊要地問了我一句，「海若啊，妳覺得妳爸今年會回來過年嗎？」沒等我回答，她已經起身回房間，把父親的衣服拿出來重洗一次。

我看著她為父親忙碌的背影，無視我這個女兒的悲傷。

母親雖然沒有擁抱我，她卻以她自己為我做了最壞的示範。眼看她以父親為世界中心瘋狂痴迷，卻被不屑一顧的樣子，我開始害怕自己再繼續悲慘下去，會變得跟她一樣可憐，那個晚上，我連夜趕回台北，無法再多停留一刻，無法再多看我媽一眼。

決定從此以後，再也不回苗栗。

我聽著大家哭泣的聲音，面對母親死去的心情，卻越來越平靜。她在她付出的愛裡狠狠燦爛過了，身為她三十年來可有可無的女兒，不要再責怪她，也算是對她最後的通融。

畢竟她用她的生命告訴了我，她這輩子只為愛瘋狂。

我雖倒楣身為她的女兒，但她運氣也算不上好，愛上了一個負心的人。

我看著媽媽的臉，彎下了腰，在她耳旁輕輕說著，「下輩子，去找一個真正愛妳的人，還有……下輩子希望我不再是妳女兒，因為這輩子，我們誰也不欠誰了。」

我說完，離開了加護病房，這一刻，我讓自己從對母親的埋怨裡解脫。

我走出醫院，走在街上，沒有目的地，只是想走，想證明自己還活著，想證明自己不受影響，即使現在腦子裡一片空，我仍走在昏暗的街道上，只是不知道自己該去哪裡。

這是一種很奇妙的感覺，理論上我們該是最親的人，實際上我們卻一點也不熟悉，而在你生命中該佔有很大位置，卻沒什麼感情的人死去，心裡仍有些許的空虛感。

有人從妳生命中抽走了些什麼，可能不是那麼重要，但還是被奪走了。心裡仍有些不甘心，想教訓一下老天爺，想問祂一下，為什麼這麼調皮，要這樣整我？

我抬頭望向黑沉沉的天空，想生氣，卻連一顆星星也沒有，沒有誰要聽我說話。我坐到街道旁的矮牆上，像是和老天爺對峙一般，等待星星出現。

沒多久，有人坐到了我旁邊，他很識相，沒有說話，沒有跟我打招呼，假裝是路人一樣。

我看著遠方，開口問：「你跟你媽熟嗎？」

他思考了一下後說：「如果想要安慰妳的話，是不是應該說不熟？」

我轉頭看他一眼，「我什麼時候需要你安慰了？」

他一臉無所謂地聳了聳肩，繼續說著，「我跟我媽算滿熟的，但跟我爸不熟，他很早就過世了，被工地倒下來的鷹架壓死了。」

我聽著呂星澤用低沉的聲音淡淡訴說，「我爸死了之後，我媽很辛苦地帶著我跟我妹生活。去人家家裡當保姆，回家做家庭手工。她有一段時間都不怎麼想理我和我妹，我妹叛逆期四處惹事，都是我去跟人家道歉的。那時候，我才十七歲，我覺得很累，我後來問我媽，是不是不想養我跟我妹。」

我看著他的側臉，很難想像他十七歲辛苦的樣子。這些和我活在同一個城市裡的人，我們各有各的悲傷，但誰的悲傷，可以真的被看見？我們都戴著各種不同的面具在生活，然後都以為別人活得比較快樂。

「我媽說是。」他說。

我愣了一下。

「因為我爸留下了一些債務，讓我媽過得很辛苦，如果沒有帶著我和妹妹，她或許可以過得更好。所以高中一畢業，我就帶著妹妹在外面生活，還給我媽自由。」

「你不恨她嗎？」

「恨死了。」他苦笑著說。

「但是當我出來半工半讀，在KTV上夜班，被客人打到肋骨斷裂，大學讀了六年才能畢業，我就一點都不恨她了。為了生活，真的很辛苦，我可以體會她那時候的累。」

「你好善良。」我回。

「嘖，就跟妳說了吧！」他一臉我有眼不識泰山的樣子。

「那現在呢？」

「我們各過各的，偶爾一起吃飯，打電話聊天，不像母子，比較像朋友。只是我妹目前還是沒辦法原諒我媽。但隨便她啦，我妹高興就好。」呂星澤站起來伸了懶腰，舒展著身體。

然後他看著我說：「回家吧！」呂星澤向我伸出手。

我起身，拍掉他的手，往回走。他跟在我後頭繼續說著，「其實妳可以哭的。」

「可是我現在不想哭。」可能是昨天，也可能是前天，都把眼淚哭完了吧。

呂星澤沒有再繼續問，就這樣靜靜跟在我後頭。我們走了一段路才回到舅舅家，走進客廳，舅媽一看到我又哭了出來，「舅媽好擔心妳啊！妳沒怎樣吧？」

我搖搖頭。

一坐到客廳的沙發上，丁熒幫我倒水，茉莉到廚房幫我熱湯，舅舅哭得雙眼紅腫，鼻音濃濃地對我說：「妳媽已經載到殯儀館了，葬儀社的人會處理，接下來的後事，妳有沒有什麼想法？」

「舅舅處理就好了，我好累，我想睡一下。」

「好，妳快去睡一下，舅媽幫妳換了新的床單，比較舒服。」

我起身，沒有上去二樓，而是走到媽媽的房間去。那些封住窗戶的膠布、燒炭用的小火爐，還有媽媽躺過的床單，跟地上的抹布都不見了，舅媽都清乾淨了。

「海若啊，妳……」舅媽跟在我後頭，很擔心我的狀況。

我回頭，丁熒端著水，茉莉端著湯，舅舅和呂星澤站了起來，大家似乎很擔心我是不是受傷過度。我扯著笑容安慰他們，「我想再跟我媽一起睡一晚。」

我轉身進房，關上房門的那一刻，剛剛沒有流出的眼淚突然潰堤。我跌坐在房門口，摀著嘴大哭。

我原諒了媽媽，卻沒有原諒我自己。

第七章

有些體會，總是來晚了一步。

「海若、海若！妳在幹嘛？」舅媽在房門外敲著。

舅媽著急地想要開門，但門早已被我鎖上。

「睡覺。」我躺在媽媽自殺的床上，有氣無力地回應著。

「妳為什麼要鎖門？快打開！」舅媽的聲音，像是害怕我跟我媽一樣，接受不了現實，用結束生命來逃避。但舅媽忘了，我這個人連開瓦斯爐都懶了，怎麼可能燒炭自殺，我真的沒有那麼勤勞。

「我不會做傻事。」我看著天花板說，眼角不知何時又滲出了淚水，畢竟我媽不停地在做最壞的示範給我看。

舅舅為了她，哭得血壓一直降不下來，舅媽眼淚也流了不少。而我正為了她，內心不斷責備自己。如果當初我能做些什麼，會不會有轉機？

會不會有些改變？

「好啦，妳讓她去啦，我相信海若。」舅舅在門外這樣對舅媽說。

我翻身拉上棉被，想著究竟為什麼今天死的是媽媽，而不是父親。老天爺總是喜歡讓好人死，像我媽這麼專情的女人，她的故事結局難道不應該是遇上了另一個好男人，然後兩個人幸福快樂地過日子嗎？

結果竟是那個拋家棄女的男人如此自由自在，幸福快樂地活著。

老天爺你敢不敢再不公平一點？我在棉被裡哭吼。

但老天爺始終不回答我。

我就這樣，躺在床上渾渾噩噩不知過了幾天。我始終捨不得離開這張床，不曉得是想在這張床上感受到母親的溫度，還是我想給曾經決定在這張床上葬送生命的母親，一點點女兒的溫暖。

我不想下床，除了半夜上廁所和喝水外，這幾天，每分每秒，我都和這張床一起。

「她都不吃，這樣怎麼行？」舅媽擔心地說著。

我在棉被裡，聽到舅舅嘆了好大一口氣。

「她都沒有去拜月英，明天就要出殯了，海若再這樣下去，明天撐得住嗎？」

舅媽又走到房門口，敲著門，「海若，吃點東西好不好？」我聽著舅媽幾近乞求的聲音，覺得自己真的很荒唐，想出聲回應，卻完全沒有力氣。

「為什麼這門鎖的鑰匙不見了？我記得明明就放在外面桌子的抽屜裡啊！還是要叫鎖匠來開？」舅媽又伸手轉著動不了的門把，喀喀地響著。

因為我把鑰匙拿進來了。

「妳別擔心了，海若會自己出來的。」舅舅勸著舅媽。

「你就不擔心？誰半夜睡不覺還起來偷抽菸的？都戒了多久？居然還給我抽了？」我聽見舅媽打了舅舅一下，兩人吵嘴的聲音漸遠。

我很抱歉，在心裡請舅舅和舅媽多給我一些時間，讓我可以忘掉我媽死去時的那張臉，那張看起來好寂寞又好孤單的臉。

我閉上眼睛，心又痛了起來，痛沒多久後，又昏昏沉沉睡去，然後再被敲打聲吵醒。

我緩緩睜開了眼，看著丁熒拆下母親房間裡對外的窗戶，然後爬了進來，接著門把掉落在地上，發出了鏗鏘幾聲，我轉過頭，茉莉拿著鐵槌，也推開門走了進來。

我使力地讓自己坐起身，丁熒瞪了我一眼，坐到床邊，先出聲恐嚇我，「就算爬進來會讓妳不爽，我也無所謂，聽舅媽說妳已經這樣六天了，夠了吧妳？」

茉莉也走到床邊，放下鐵槌摸著我的臉，紅著眼眶說：「這樣折磨妳自己，到底有什麼好處？」

有，把自己搞慘一點，比較對得起我媽。

有一種道歉，就是活得比對方更痛苦。

「大家都很擔心妳，妳知道嗎？」丁熒很生氣。

我點了點頭。我都知道，我怎麼可能不知道？可是傷心讓我顧慮不了太多，我就是這麼自私，我這麼用力在難過，怎麼還有力氣去在乎別人的難過。

舅舅和舅媽站在門邊看著我，流著淚。

「我們都知道沒有那麼快恢復，但是妳得開始振作。」茉莉不知道什麼時候拿了條濕毛巾來，開始擦著我的臉。

舅媽擦了眼淚，對我說：「海若，妳那麼多天沒有吃東西，我去幫妳煮粥，多少一定要吃一點。」

「舅媽妳放心，用倒的我也要倒進她嘴裡。」丁熒瞪著我說。

「我去賣場買些喝的，海若就麻煩妳們了。」舅舅說。

「舅舅，我們都在，你不要擔心了。」茉莉回應著舅舅。

舅媽跟舅舅安心地去做自己的事，丁熒拉著我，「我帶妳去洗澡。」

我搖了搖頭，虛弱地說：「我可以自己去。」

「又來了，最好妳可以自己去，我現在輕輕一推妳就滾到太平洋了妳，少在那邊逞強！」丁熒說著，和茉莉一人一邊扶我起床。

我努力地站起來，試著穿上室內拖鞋，卻有一隻卡在床底的縫裡。

「妳等等，我撿。」茉莉說完，就蹲了下去，把拖鞋拉出來，連帶拉出了一些灰塵、頭髮，和一張紙條。茉莉看了一眼，對我說：「好像是給妳的。」

丁熒讓我坐下來，我拿過茉莉手上的那張紙條，上面是媽媽留給我的幾句話，也就是她的遺書。

女兒，我知道我這個媽當得很失敗，

但就讓我繼續失敗下去，這樣我死了，妳比較不會傷心。

也希望妳不要傷心，下輩子，去當好人家的女兒，可以好好地被疼愛、被關懷。我先走了！

沒有我的日子，就是我給妳最大祝福。

請忘了媽媽，忘了我給妳的傷害，好好過妳的生活。

最後，把我的骨灰撒到海裡去，我想靠妳爸近一點。

我看著紙條，崩潰大哭出聲，丁熒和茉莉趕緊輕拍著我的背，試著安慰我。但我很難過，真的很難過。

我的媽媽，連死了，想著的都還是父親。

我把紙條揉掉，丟到一旁，站起身來，胡亂擦掉眼淚，離開母親的房間，不想再為她傷心。我打算盡一次女兒的本分，她那麼自私地去死，那麼我也會聽她的話，自私地好好活下去，不要再哭。

我掙開丁熒和茉莉的攙扶，獨自走進浴室。

洗完澡，在大家的監視下，吃了兩大碗舅媽煮的粥，還想再舀時，舅媽出聲制止，「海若，妳別一下吃那麼多，先休息一下待會再吃。」

我放下碗筷，起身走到冰箱，拿了舅舅剛買回來的鮮奶猛灌。丁熒走過來，伸手把鮮奶搶下，看著我說：「夠了沒，好好活著，不是今天用力而已，人生還有很長，急什麼？想要過得好來氣妳媽，也不用急著在這一天。」

我看著丁熒，她竟然知道我在幹嘛。

「我真的很生氣，她怎麼可以這樣對我？」我說。

「我知道。」丁熒邊回答邊把我帶向我的房間，茉莉跟在我們身後。

「我真的很火，她怎麼可以連死了還這麼自私？」我繼續說。

「我知道。」

「我媽真的很不像樣耶。」

「妳也不像樣啊！」丁熒把我帶進房間，茉莉跟在後頭關上房門。

「我媽真的很過分耶，紙條寫那樣什麼意思？」我仍看著丁熒問，期待她的答案。

「妳看到的那個意思，躺下。」丁熒邊說邊讓我躺下，她和茉莉也跟著躺下，分別躺在我的兩側。

躺在我左邊的茉莉，突然在我的左耳旁說著，「湯，其實不能怪伯母，我覺得妳跟伯母簡直一模一樣，妳那天說不要再當她女兒，現在她留紙條叫妳去當別人女兒，根本一個模子刻出來的，不愧是母女。」

丁熒在我的右耳旁附和，「明明相愛，可是方式很極端。」

我看著天花板，好奇地問：「我跟我媽……相愛嗎？」

丁熒和茉莉同時出聲，「嗯。」

「妳跟妳媽就像用錯方式相愛的情侶。」丁熒說。

我苦笑，「是嗎？最後還是分開了。」

茉莉嘆了口氣，「人活到最後，都是會分開的。」

空氣裡靜默了好一會。

我用著沙啞的聲音，問了最後一個問題，「我媽會去好的地方吧？」

「會的。」丁熒信誓旦旦地拍著胸脯說：「妳心裡這麼想，她就會這麼去了。」

茉莉突然握著我的手問：「可是湯，妳真的不要再當妳媽的女兒了？」

「茉莉！」丁熒制止茉莉發問，茉莉馬上噤聲。

我認真想著這個問題許久，才有了答案。

「嗯，不要。」我回答著茉莉，但她和丁熒已經睡著了。

我想這是最好的方式了，對我媽，還有對我，下輩子，我們就都放過彼此吧！我閉上眼睛，這晚在夢裡出現的人，仍是我的媽媽，但這一次她朝著我揮手，臉上帶著淺淺笑容離開。

她開心了，那我呢？夢裡沒有答案。

一早醒來，葬儀社的人就讓我披麻戴孝。我不知道自己該做些什麼，那些葬儀社的大哥大姊跟我說：「妳不用擔心，等等要幹嘛，會跟妳說，妳照做就好。」

我點了點頭。

母親沒有朋友，家人也只有我們，舅舅說用最簡單的方式處理後事就好。這些事我都沒有接觸到，因為我幾乎都躺在母親的床上，連自己媽媽的後事也不管，有時候想想，我媽對我的懲罰還是算小。

站在靈堂前，聽著那些大哥大姊講解流程和各項細節，舅舅和舅媽東奔西走，我忍不住伸手拉住又要去拿東西，額頭和人中滲著汗水的舅媽。

舅媽愣了一下回頭看著我，「怎麼了？」

「謝謝。」我發自內心。

舅媽看著我紅了眼眶，「自己人謝什麼，妳先坐一下，等等師父來了，要念經，得要跪很久，我先去準備一些涼水。」

舅媽離開後，舅舅帶著大表姊跟二表姊來了，她們的丈夫和小孩也跟著一起來了，她們看著我的眼神，從過去的輕視變成了憐惜。如果我沒有看錯的話，她們點頭向我打招呼，我給了她們一抹很不自然的微笑。

呂星澤不知道什麼時候也來了，走到我面前，打量了我一下，然後讚嘆地說：「妳也瘦太多了，急速減肥都沒有妳這麼快。」

「你怎麼來了？」

「不能來喔？」他說。

我瞪了他一眼，但他沒理我，摸了摸我的頭，就轉身去問舅舅需要幫什麼忙。

丁熒和茉莉則是拿了麵包和牛奶，逼著我把早餐吃掉。喝完最後一口牛奶時，師父來了，問我，「沒有其他兄弟姊妹嗎？」

我搖頭。

師父指著後面的一個墊子，「跪在那裡，要開始頌經了。」

我走到紅墊子上跪下，葬儀社的大哥大姊幫忙點香遞給我的同時，丁熒和茉莉也在我身旁跪了下來，跟大哥大姊要了香。我驚訝地看著她們，她們沒理會我的疑惑，專注在師父的頌經上。

我跪了多久，她們就陪我跪了多久。

然後我告訴我媽，妳不愛我沒關係，有很多人因為妳而愛我。

頌經結束後舉行公祭，丁熒和茉莉也陪我站在家屬位置，向來點香致意的人行禮。都是那些曾經八卦過我媽的三姑六婆，還有謝天宇。

我看著他走進來，愣了一下，他給了我一個安慰的笑容後離場。緊接著是家祭，大表姊和二表姊兩家子拜完後，就結束了，但我站到腳發麻，後面的一些儀式結束了，在等火化的時間裡，呂星澤拿了瓶水給我，我看著他被汗水浸濕的襯衫。

「辛苦你了，謝謝。」我依然發自內心地說。他的幫忙和陪伴，給了我很多力量。

他馬上從口袋裡拿出手機對我說：「妳可以再說一次嗎？歷史性的一刻，我想要錄下來。」

我沒好氣地瞪了他一眼，他白目地繼續要我重新說，我懶得理他。兩人拉扯之際，我的眼角瞟到謝天宇還站在一旁。呂星澤發現我的眼神不太對勁，回頭看了一眼，謝天宇朝我們走過來，站到我面前，對我說了聲嗨。

呂星澤在我耳旁悄悄說著，「有事大叫。」

我被他打敗，點了點頭，呂星澤先離開，留下我和謝天宇。

「謝謝你來。」我客氣地說。

任何來送我媽媽最後一程的人，我都心懷感謝，沒讓我媽太孤單。

謝天宇搔著頭，不太好意思，「我媽告訴我的。妳還好嗎？」

我點了點頭回應，「嗯。」應該還好。

氣氛一度陷入尷尬，謝天宇不自然地清了清喉嚨，「還是想跟妳說對不起。」

我看著他的窘迫的表情，對他堅持的道歉起了惻隱之心。我媽對我這麼狠，我都不想怪她了，謝天宇也只是小 case，有什麼好不能原諒的。「你的道歉我真的收到了，別再道歉了。」我說。

謝天宇感激地看著我笑，好像突然想起什麼，開口問了，「妳和林曼如還有聯絡嗎？」

我不明白他為什麼這麼問，「早就沒有了。」

他像是鬆了很大一口氣，「那就好。」

「怎麼了？」

謝天宇臉上神情有點掙扎，猶豫了很久才說：「我覺得她不是什麼好朋友。」

「我知道。」我說。

謝天宇驚訝地看著我，我也只能苦笑，他繼續說著，「記得高中的時候，妳們形影不離，妳還曾經為了陪她去買ＣＤ放我鴿子。」

「都過去的事了。」沒有什麼好講的了。

謝天宇突然嚴肅了起來，說了一件我不知道的事，「其實那時候，她騙了我，也騙了妳。」

「什麼意思？」我疑惑。

「妳還記得那個跟我放話，說要搶走妳的棒球隊隊長吳軒嗎？」

我點了點頭。

高中男孩的幼稚沒有極限，對於他和吳軒時不時因為我在那裡嗆來嗆去，一下子說要比投球數，一下子說要比馬拉松，看誰贏就可以得到我。全沒有經過我同意，就把我當賭注。

有一回我氣到我拿了球棒往他們兩個砸。

這些搶人遊戲搞得全校皆知，被莫名拖下水的我，也要跟著他們備受檢視，我真的是有苦說不出。但那時幸好那時林曼如總是陪著我，不理會那些對我指指點點的人。

「林曼如常常私下找我，說妳和吳軒出去玩，說妳比較愛吳軒，要我成全你們。」

「怎麼可能，那時候我跟吳軒私下根本連話都沒說過。」我說。

「但她是這麼告訴我的。」

「你不會是因為分手害我沒有考好，故意把責任推給林曼如吧？」我看著謝天宇，不想相信林曼如從那時候就這麼壞了。

謝天宇的表情看起來不像在說謊，十分真摯，「我可以發誓的。」

看著他的臉，我真是想都沒有想過。我以為至少在林曼如還沒有跟劉凱一起背叛我之前的友情都是真的，她真的陪我走過高中三年、大學四年，出社會工作的那幾年，我們無話不說，是彼此的支柱和慰藉。

那時，我真的好愛她，她對我來說，像是神為了彌補我而送我的禮物。

我深呼吸一口氣，情緒平靜下來，「所以那時候你相信了？」

謝天宇一臉懊悔地點了頭，「我後來很氣自己，為什麼不當面向妳問清楚，可能那時候太年輕，覺得很丟臉吧！」

是吧！那時候，我們都太小了。

「那你也不用考試前一天來跟我分手啊。」

「因為那天林曼如就跑來跟我說，考完試妳會跟我提分手，要我答應妳，不要為難妳，她讓我覺得我是阻礙妳幸福的人，一氣之下，就先跑來先跟妳說分手，結果我也難過得要死，最後也沒考好。」謝天宇悶悶地說著。

我忍不住笑了出來，這荒謬的轉折，太戳中我的笑點了。

到底在幹嘛啊？我們！

到底是我們整了彼此，還是林曼如整了我們？我想，林曼如也不全然有錯，不夠相信彼此的我們也有錯。

「妳還有心情笑？我後來想找妳再談，但看妳躲我躲成那樣，一定很討厭我，就不敢再找妳。每次回苗栗，我都會去妳家附近，看看能不能遇到妳，但妳好像都沒有回來。」

我竟笑出了眼淚，這麼愚蠢的我們，因為一個謊言，被折磨了這麼久。

「這件事一直在我心裡，真的很想跟妳說清楚。」

我擦掉眼淚，對謝天宇說：「謝謝你，沒有放棄對我說清楚的機會。」我才知道自己平白難過了這麼久。很想生氣，但又沒有資格生氣，是我自己的埋怨蒙蔽了我的雙眼。

「幸好妳們沒有再聯絡了。」

「是啊！但也來不及了。」我苦笑。

「什麼意思？」謝天宇擔心地問。

我搖了搖頭，再說什麼都太遲了，就算沒有林曼如，我和劉凱也不一定會幸福。繞了十幾年這麼大一圈才發現，讓自己不快樂的，從來就不是別人，而是我自己。

希望我還來得及重新面對生活。

謝天宇嘆了口氣，感嘆地說：「說完真好，我現在很輕鬆。」

我也是，那個掐住自己脖子的我，終於肯對自己放手。

「我們還能當朋友吧？」謝天宇怯怯地問著。

我微笑，搖了搖頭，「為了你老婆著想，還是別跟前女友當朋友吧！」

謝天宇傻笑。

「我知道從今天開始，我們都會好好過日子。就算不當朋友，我們想到對方的時候，沒有任何虧欠和遺憾，只有祝福，這樣就夠了。」我說。

他看著我，紅了眼眶，點點頭，朝我張開雙手。我遲疑了一下，最終還是給了彼此一個擁抱，完美地結束掉我們之間所有不愉快的過去。

謝天宇輕拍了我的背，在我耳旁說：「謝謝妳讓我知道，我曾經擁有過一個這麼美好的女孩。」

我笑了笑，「可惜你沒這個福氣擁有到最後。」

他也笑了，用力緊抱著我，我也緊抱著他，在心裡對我自己這個充滿怨懟的初戀，說了一聲再見。

一切都會過去。

謝天宇揮手和我說再見後，丁熒走到我身旁，開口問著，「他來幹嘛？」

我看著丁熒，微笑地說：「放過我。」

丁熒看了我一眼，沒在繼續追問。「走吧！要燒庫錢了。」

我和她一起走到外面空曠處，看著疊你像小山一樣高的庫錢，發出了疑問，「我媽真的收得到嗎？她又不愛花錢。」

丁熒聳了聳肩，也看著那堆庫錢，「很多事都不是為了死去的人做的，是為了讓我們這些活著的人安心。」

「嗯。」我點了點頭。

好像是這樣沒有錯。我和丁熒相視微笑，看見茉莉往那堆庫錢裡放了些東西，然後走回到我們旁邊。

「那是什麼？」我問。

「阿紫奶奶要送給妳媽媽的禮物。」茉莉說。

我看著火燃起，很快就吞噬了那些東西。媽媽留下來的東西越來越少，但因為她而產生的回憶，卻越來越多。這些圍在一起為她送行的人，都是她留給我的最珍貴的東西。

我該知足，也要知足。

所有的葬禮儀式結束後，我抱著媽媽的骨灰罈，來到外海附近，風太大吹的讓我差點站不住，呂星澤伸手從後頭扶住我。

而要將骨灰撒向海裡，是需要勇氣的，一種歸零的勇氣。

我聽著舅舅的啜泣聲，知道他有多不捨，不捨這個傻妹妹最終還要讓他如此傷心，我緩緩地打開骨灰罈的蓋子，媽媽像是知道我的無措，大風從我身後吹來，也吹起了我手上的骨灰，我連碰都沒有碰，就這樣接著吹向大海，然後被海水淹沒，消失。

媽媽這一生就這麼結束了，等著一個人，愛著一個人，最後化為塵土，什麼都沒有。

我看著海面，希望從此，我和媽媽都能幸福。

丁熒和茉莉站到我旁邊，茉莉勾著我的手，給了我一個微笑，丁熒搭著我的肩，也給了我一個微笑。我看著她們，露出笑容，我想從今天起，我會相信她們，也會試著依靠她們。

回到舅舅家時，舅媽和表姊們已經煮好一整桌菜。

大表姊婉若拉著我入坐，二表姊招呼丁熒、茉莉和呂星澤。我看著滿桌子的菜和滿桌子的人，大家聊天說笑，我的眼眶因為這從未享受過的熱鬧而濡濕，我吞著食物，也吞下眼淚。

希望這美好的一刻，不要結束。

吃完飯，丁熒和茉莉陪我在母親房間裡，整理最後的一些遺物。大表姊和二表姊突然走了進來，丁熒和茉莉見狀，悄聲退了出去。

我們三個表姊妹的笑容都有點生澀，畢竟後來我們都把彼此當陌生人。

大表姊先開口對我說：「海若，對不起。」

我愣了一下，二表姊也跟著說：「我也對不起。」

「小時候我們真的太不懂事了，跟妳計較這麼多，還欺負妳，我真的覺得很抱歉。」大表姊說著，二表姊也跟著附和，「我也抱歉。」

大表姊瞪了二表姊一眼，「可以不要學我嗎？」

我笑了出來。

大表姊見氣氛和緩許多，便拉著我的手，「長大後，才知道妳的辛苦。以前只知道計較，覺得為什麼爸媽特別疼妳。我還跟婉儀說，我們一定是撿回來的，其實我們還因為這樣離家出走過。」

「有嗎？」我沒有印象。

「但是只離家出走三個小時而已，肚子餓就回來了。」二表姊接著說。

「後來看小姑姑這樣，就覺得幸好爸媽很疼妳，不然妳該怎麼辦？我們每次過年過節都會回來，就是希望如果能碰到妳的話，要跟妳道歉，但妳都沒有回來。」大表姊一臉歉疚地看著我。

二表姊也繼續說：「其實我跟婉若都有妳的電話，但一直沒有時間打……好啦，也不是沒有時間，就是不好意思。誰曉得最後會在這樣的場合，才有機會說這些事。」

我伸出手握著大表姊，非常感動，「我沒有怪過妳們，因為我的關係，妳們也受了很多委屈。」

大表姊猛搖頭，紅著眼眶，「和妳受的委屈比起來，這根本不算什麼，以後要常聯絡啊！我們都是一家人，來台中一定要找我。」

二表姊也哽咽著，「來高雄也要來找我，知道嗎？」

我用力地點了點頭。

二表姊流著眼淚，突然拉高衣服，露出我們公司的內衣對我說：「我是妳們公司的忠實客戶，VIP。」

我嚇了一跳，大表姊瞪了二表姊一眼，「有人想看妳的長輩嗎？」二表姊只好自討沒趣地把衣服拉下。

大表姊轉過頭來笑著對我說：「我也是VIP，上次妳設計的無感系列，超級好穿，又舒服。我們同事還一起團購，膚色的什麼時候要補貨，我都買不到。」

原本感人的話題，在說到內衣款式，及怎麼穿才會有乳溝的討論裡結束。表姊們要趕著回台中和高雄，約好改天上台北一起吃飯後，表姊們才肯離開。當二表姊生的雙胞胎用軟軟的聲音對我說：「小姨姨，再見，我愛妳。」我幾乎快要融化。

送走了他們，離開母親房間時，關上那扇房門的那一刻，我很幸福。

表姊們走後沒多久，我也整理好自己的東西準備回台北。呂星澤接過我手上的包包，丁熒和茉莉手上提了一堆舅媽要給我的小菜和食物。

我看著舅舅跟舅媽像是又要哭出來的樣子，趕緊說：「舅舅，我中秋節可以回來過節吧？」

「講那什麼話！妳要回來隨時都可以回來，這裡是妳家。」舅舅生氣地對我說。

我點點頭，「我知道，以後我會常回家。」

舅媽偷偷拭去了淚水，我忍不住上前擁抱她，「舅媽，謝謝妳嫁給舅舅，成為我的舅媽，謝謝妳對我媽這麼好，謝謝妳對我這麼好，真的好謝謝妳。」

舅媽哭得說不出話來，舅舅在一旁紅著眼眶，不是滋味地說：「為什麼都不用謝我。」

我笑了出來，舅媽生氣地打了舅舅一下，「這你也要計較。」

我也上前擁抱著舅舅，從他僵直的身體，可以知道他對擁抱有多麼陌生和緊張。我抬起頭對舅舅說：「謝謝你是我舅舅，謝謝你沒有放棄我媽，謝謝你讓她有一個依靠。」

舅舅哭了出來，伸手擁抱我，「辛苦妳了，孩子。」

這一路走來，的確很辛苦，但沒關係，現在的我，已經很滿足。

上了車，我們按下車窗向舅舅跟舅媽道再見，「好了，別送了，快進去吧！外面蚊子多。」我叮嚀著。

他們說好，但還是沒有移動，「到台北跟我們說一聲啊！」舅媽說。

我點了點頭，十八相送持續了很久才結束。

車子離開家門口後，我轉頭看了呂星澤一眼，發現他眼眶微濕。我抽了張衛生紙給他，好奇地問：「你怎麼哭了？」

他用著濃濃的鼻音抗議，「誰哭了？」

我們三個女生笑了出來，我按下車窗，吹著晚間徐徐的風，能這樣笑著的感覺，真的很好。

我轉頭看著後座的丁熒和茉莉，從昨天晚上到現在，不管我在哪裡，總是一轉頭就能看到她們在我身後，為我忙碌，分擔一切。突然一陣鼻酸，眼淚很快就在眼眶裡打轉，我正要開口，她們同時對我比了「噓」的手勢。

「謝謝這兩字就不需要了。」丁熒笑著說，茉莉用力點頭。

呂星澤戳了戳我的手臂，我抬頭看他，他眼睛閃啊閃的，認真地看著我說：「我需要。」

我冷冷看了他一眼，然後對丁熒和茉莉說：「等等回台北，我請大家吃消夜。」

她們開心拍手叫好，然後我們三個女人很有默契地閉上眼睛準備睡覺。

「欸，喂！妳們是不是太下流了，真的把我當司機耶，快起來跟我聊天，我很無聊耶。」呂星澤不滿地嚷嚷。

沒有人理他。

「喂！好歹我們也是合作關係，妳們要不要這麼過分？」

還是沒有人理他，我聽到茉莉和丁熒睡著的沉重呼吸聲，我張開眼皮看了呂星澤一眼，「要聊什麼？」我好心地說。

他看了我一下，順手扯下掛在他椅背的外套，丟到我頭上，「睡覺吧妳，都累成這樣了。」我笑了笑，蓋好他的外套，聽著他按下廣播後，音響裡傳出來的英文老歌，沉沉地、安心地睡去。

這次，什麼夢都沒有做。

當我再次醒來時，已經是在我家樓下了。

「妳不要以為裝睡我就會抱妳上樓，妳不要公主病喔！」呂星澤坐在駕駛座上，雙手抱著胸看我。

我拉下身上的外套，丟還給他，「你才神經病，不是說要去吃消夜嗎？」

「我們看妳這麼累，就主動把消夜的時間改到明天晚上，妳以為妳逃得掉請客的命運嗎？」

「我有說不請嗎？拜託你盡量吃！」我瞪他一眼，他笑了笑。我繼續問：「那丁熒跟茉莉呢？」

「當然是先送她們回去了，誰叫妳睡得跟豬一樣。」他笑著說。

我很想動手，讓他哭一下，但看在他今天這麼辛苦的分上就算了，算他好運。我走下車，呂星澤也跟了下來。

「你幹嘛？」我問。

「送妳上去啊。」他說。

「不用了。」

「妳確定？真的不用？可以自己上去？」他懷疑。

我點了點頭，「非常確定，真的不用，我有腳。」

他笑笑，倚在車門上，感性地說著，「我只是怕妳突然又剩下自己一個人。」

我看著他，露出微笑，「不對！我現在已經有你們了。」他很滿意我的答案，也對著我笑開來。

我朝呂星澤揮了揮手，轉身上樓，一直到走上樓梯，我都還沒有聽見車子開走的聲音。

謝謝你。我在心裡這麼說。

才剛回到家，舅舅的電話就來了，「到了沒？」

「剛到，舅舅，很晚了，你趕快去睡。」我說。

「好，妳也是，現在妳回去了，換我跟妳舅媽很不習慣。」舅舅傻笑著。

我也在電話這頭笑著說：「好久沒有烤肉了，中秋節找表姊她們回家烤肉好了。」

舅舅開心得好像中了頭獎一樣，「好、好！我再跟她們說，那妳早點睡。」

我微笑著掛掉電話後，轉頭看許久未回來的房間，愣了好一會兒，我換掉身上的衣服，把長髮綁起，走到那把椅背壞掉的椅子前。當初因為知道劉凱和林曼如背叛了我，我拿了這把椅子，砸爛了劉凱剛買的電視。

這該丟了。

這房間裡有很多東西，有很多怨恨，都該丟了。

於是我自己一個人，在凌晨兩點、在老舊無電梯的公寓裡，進行著只有我一個人的環保運動，上樓、下樓、丟東西。

然後發現，當該丟的丟掉時，我的房間竟然這麼寬敞，我的心也是。凌晨五點，我在只剩下一張床和一個衣櫥的房間裡，心滿意足地睡著。

卻在三個小時後，被呂星澤打來的電話吵醒。

「要不要去接妳，妳的車不是還在工作室？」他連早安都沒有說，直接先開口問了。

「不用，我搭計程車就好。」我閉著眼睛，帶著睡意的聲音回應著。

「確定？」

「嗯。」

「ＯＫ！案子要快點進行，注意合約時間。」他說。

「我知道。」我回答得很穩定。

但我馬上坐起身，根本忘了合約這件事。打算快點掛掉電話，準備進工作室趕工，呂星澤又說：「如果還有奇怪的人在樓下，妳打給我，我過去接妳，我在附近而已。」

我愣了一下，覺得有點感動，「謝謝你。」

反到是他有點不好意思，「幹嘛啊妳？一大早的。先這樣，拜！」然後慌張地掛掉電話。

我看著手機螢幕笑出聲，但沒有笑太久，我下床換衣服，用最快的速度準備好。走到樓下，沒看到劉凱，或許那兩天他真的只是路過吧。我搖了搖頭，他已經不是需要我花時間想的人。

我走到巷口，伸手攔了輛計程車，二十分鐘後，已經停在銀河大樓前。我下計程車時，阿紫奶奶正拿著水管在洗我的車。我驚訝地走過去，看到阿紫奶奶穿著紫色洋裝，胸口別著白色跟粉色的毛球胸針，讓我有一種肚子餓的感覺。

紫米小湯圓。

「阿紫奶奶，妳在幹嘛？」我很好奇。

「喔我的天，我們湯湯來了耶。」阿紫奶奶關掉水龍頭，開心地向我迎了過來，摸摸我的臉、摸摸我的頭髮、摸摸我的全身上下，「很好，看起來很健康。」她笑著說。

我拿了衛生紙，擦掉噴在她臉上的水珠，「都被水噴到了。」

「有什麼關係，妳車放這麼多天，都積灰塵了，幫妳洗一下，這樣妳就有乾淨的車可以開啊！」

「謝謝阿紫奶奶。」我最近很不爭氣，太容易感動。

「事情處理得順利嗎？」阿紫奶奶問。

我點了點頭。

「茉莉有把我的禮物帶到嗎？」

我想起了茉莉放在要燒給媽媽的庫錢的那一小袋東西，「有，但那是什麼？」

阿紫奶奶笑了笑，神祕地說：「能讓妳媽去好地方的東西。」我笑了笑，沒打算再問，我相信阿紫奶奶說的。

但下一秒她又接著說：「可是妳倒楣的運勢還沒有結束喔！撐著點啊。」阿紫奶奶拍了拍我的肩，一臉請我要保重的樣子。

「不會吧，我媽死了還不算最倒楣？」我驚呼。

「這就是人生啊！嫩。」阿紫奶奶看著我，搖了搖頭，表情好像在罵我：這個不成材的傢伙。

我才想繼續問我還能多倒楣時，培秀姊不知道什麼時候走出來在我身旁喊著，「海若，在裡面聽到妳來了，先把妳的咖啡煮好了。」然後將咖啡遞到我手上。

「謝謝培秀姊。」我說。

她對我笑著，用眼神詢問著我好不好。我也給她一個微笑，用眼神告訴她，還算不錯，眼神交流完之後，培秀姊對我說：「那我先進去忙了。」

培秀姊一離開，我還想問阿紫奶奶壞運勢怎麼破解的時候，阿紫奶奶又不見了，走得無聲無息，我完全沒有發現。我深呼吸了口氣，算了，反正關關難過關關過嘛。

一進到工作室，丁熒和茉莉也已經到了，還同時對我說了聲早安。我也開口回應，

「早。」

三人一起相視笑了。

我回到自己的工作位置上，總覺得好像闊別了一世紀那麼久的感覺。摸著那些屬於我的一切，覺得安心又自在。然後丁熒拿了份資料走到我面前，笑著對我說：「抱歉，打擾妳和這些畫筆針線談情說愛的時間。容我提醒一下，湯大設計師，我們和 Highlight 的合約上面有註明，要在這星期五之前打樣完成，不然就算違約喔！」

我驚醒，就跟早上呂星澤打電話給我提到這件事一樣驚醒。

「今天星期幾？」

茉莉很惋惜地說：「星期三。」我倒抽了一口冷氣。

茉莉繼續說：「而且已經中午十二點，該吃飯了。」我再倒抽一口冷氣，只剩下一天半的時間。我看著她們，一臉慌張，「怎麼辦？」

「嗯，妳加油，我們就先去吃了。」丁熒說。

我注視著她們兩個拋棄我，勾肩搭背你儂我儂去吃飯的幸福背影，狠狠打擊了我的心，果然什麼友情，根本都是騙人的。

丁熒回頭笑著對我說：「放心啦！會幫妳包便當的。」

我瞪了她一眼，她和茉莉大笑走了出去。

我應該更生氣的，但為什麼看著她們笑，我也笑了出來？

啊，這好像真的是友情啊。

第八章

人生的谷底會落在哪裡？

我趕緊換上了眼鏡，開始穿著針線。畢竟三十歲開始，女人的身體就像燦爛的正午過後，那漸漸微弱的陽光。只要用眼過度，我那戴著隱形眼鏡的雙眼就開始耍起脾氣，視線模糊不清。

其實我可以裁完布料後，拿去代工廠請阿姨們幫我車一車就好，但我總是希望未來的自己可以再付出多一點，不管是為了誰。但最後，終歸都是為了自己。

不能再老是這樣後悔下去。

但人生偶爾的後悔，真的不是自己可以控制的，就像我被丁熒監視著吃完便當後，就該把這四個人趕走，離開這間工作室，可是這一切都太晚了。

「阿紫奶奶！妳真的很過分耶，連莊七這事做得出來？」丁熒生氣地說，然後我聽到很沒風度的推牌聲。

「我什麼事都做得出來。」阿紫奶奶得意地笑著。

我抬起頭，看著丁熒、茉莉、阿紫奶奶，還有呂星澤，四個人坐在中間的會議桌前打著麻將，身旁還放了剛買回來的鹽酥雞和啤酒，吃得津津有味，打得十分開心。

「是你們怎麼好意思？」我瞪著他們。

丁熒率先開口，「我可是為了陪妳加班，取消酒攤，坐在這裡輸了好幾百塊耶。」

「我也是為了陪妳加班，沒去幫阿泰學長開店。」茉莉小聲嘀咕。

阿紫奶奶又是一身紫的像芋圓，認真地對我說：「我是沒有想要陪妳，只是想打麻將，我很誠實。」然後轉頭指使呂星澤，「欸，年輕人，我要吃甜不辣。」

呂星澤馬上拿起竹籤戳了塊甜不辣，恭敬地遞給阿紫奶奶。

好吧！那我只能把氣出在呂星澤身上了。

我看著呂星澤，他馬上開口對我說：「還不都是丁熒說妳需要幫忙，結果叫我買鹽酥雞來就算了，還害我輸錢。」

「喂！講得好像都是我欺負你一樣，湯湯難道不需要我們的加油嗎？」丁熒理直氣壯。

「不用。」我冷冷地回。

四個人吵得要死，整間工作室又全是鹽酥雞的味道，搞得我想吃又不能吃，怕油漬沾到布料，想喝又不能喝，怕我這一喝就停不下來，然後把合約什麼的全部搞砸。

我如此犧牲，換來的卻是……

「碰！我要碰！手都別動。」丁熒大喊。

「喂，你碰了二萬，我的一萬跟三萬要怎麼辦！」茉莉抱怨。

「年輕人，快點摸牌啦！」阿紫奶奶催促。

「喔，好，馬上。」呂星澤看著阿紫奶奶臉色。

換來的，就是眼前這吵吵鬧鬧的局面。我知道埋怨沒有用，老天爺不會聽的，畢竟過去三十年，我每天都在埋怨，也不見老天為我做了些什麼，或改變了些什麼。

我很認命地繼續縫著樣本，然後聽著四個人罵來罵去，還有洗牌的聲音。一直到晚上快十二點，我才處理完第一套，然後準備拿起第二套要處理時，丁熒對我說：「好了啦，明天再做，真的來不及，就拿去給阿姨她們做。」

我抬起頭，才發現牌局結束，丁熒和茉莉正收拾著麻將，阿紫奶奶坐在位置上數著手裡的鈔票，心滿意足的樣子，呂星澤則是在一旁掃著地板。

「不打啦？」我問。

「錢都被阿紫奶奶贏走了，不想打了。」丁熒嘟著嘴說。

阿紫奶奶笑著起身，像個太皇太后，然後對呂星澤說：「年輕人，扶我下樓。」呂星澤馬上把掃把放到一旁，走到阿紫奶奶旁邊，畢恭畢敬地扶著她，然後兩人一起走出工作室。

「我覺得阿澤人還滿好的。」茉莉看著兩人離去的背影說著，我倒是很好奇她和呂星澤的關係，竟熟到可以叫阿澤？

丁熒點頭，「我也覺得阿澤不錯。」

「妳們和他很熟？」我問。

丁熒笑了出來，揶揄著我，「哪有妳和他熟啊？」然後和茉莉對看了一眼，交換著高深莫測的眼神，兩人笑得很詭異。

「妳們眼睛有事？」

丁熒聳了聳肩，然後對我說：「不，是妳的眼睛有事，這麼明顯的事，還看不出來。」

「什麼事？」我真的聽不懂。

茉莉欲言又止，「算了，只能靠妳自己頓悟。」丁熒附和地點頭，兩人很有默契地又笑了笑，拿著包包就要離開，完全不管我滿肚子疑惑，「明天見啦！」她們一同對我揮了揮手，也往外走了出去。

她們和剛進來的呂星澤擦身而過，丁熒拍了拍他的肩說：「我們湯湯就勞煩你送她回去囉！」呂星澤點點頭。

這過度矯情的交代，我似乎是明白了什麼，然後覺得女人的想像力，比超人的超能力還要強。

「無聊。」我碎唸著。

呂星澤朝我走了過來，「走吧！我送妳回去。」

「不用了，車子太久沒開也不行，我可以自己回去。」這是我真正拒絕呂星澤的原因，而不是因為丁熒和茉莉無聊的想像。

我不覺得我和呂星澤會有什麼，畢竟他看我不順眼，我看他也普普通通。

我再看了他一眼，普普通通吧？其實他並不普通，不是特別好看，但有自己的風格。不過我覺得最好看的是他的心，總是拐著彎在關心別人。不懂的人會覺得他很不體貼，可是看得懂的人，會覺得拐彎是他的另一種貼心。

為了不讓接受的人有壓力。

「幹嘛這樣看我？現在才覺得我帥？」呂星澤站在我面前笑著說。

「不，是現在才知道你真夠不要臉。」我推開他，整理著後續工作。

他幫我收拾完工作室後，我們一起下樓梯，走出昏暗的大樓。在大樓外掛著俗氣小燈泡的外牆旁道別，他開他的車，我開我的車。

「小心點。」他不放心地交代。

「知道了。」我打開車門坐了上去。呂星澤看著我開遠後才上車。

我不懂為什麼他的前女友會這樣嫌棄他。

不愛在車裡放音樂的我，突然覺得自己一個人的車內太過安靜。我學呂星澤按下了廣播，傳出悅耳的音樂，我胡亂地跟著哼，按下車窗，吹進來的微風有一種特殊的氣味。此時此刻，心自在得很美好。

我在巷口附近停好車，帶著愉快的心情走回家，卻看到雜貨店還沒有打烊。我走了進去，看到老闆娘這時間還在店裡打掃，清點商品。

「還可以買嗎？」我問。

老闆娘看到我點點頭，笑著說：「給妳買。」

我趕緊拿了幾瓶酒付錢，順便問著，「怎麼那麼晚了還在打掃？」

「不開了。」老闆娘說。

我驚訝地看著老闆娘，「真的不開了？」從我大學到現在，這間雜貨店就一直都在，賣給住在附近的老住戶。雖然巷子外面，開了幾間便利商店，但我還是喜歡聞著這種舊商店的味道，讓人感到很安心。

「生意又不是多好，我也想休息了。」老闆娘的頭髮白了不少。

我點點頭，很不捨，但也只能不捨。

「我不賣了也好，讓妳少喝點。現在對面公園都有混混在那裡，妳不要傻傻的又在那裡喝到爛醉。」老闆娘嫌棄地看著我。

我笑了笑，「以後不會了。」三年前那麼虧待自己，過著行屍走肉的生活，現在再也不會再這麼做了，不會再有人值得我賠上什麼了。

除了我自己。

老闆娘看著我，突然指著外頭，「咦？那是妳朋友吧？」

我轉過頭一看，又是劉凱。黑暗中，他的身影看起來更加瘦弱，微風吹著他的衣服，似乎一下子就能把他吹走了。

老闆娘繼續說：「上次我就是看到他啊！跟在妳後頭。」

我想，我說服自己看到劉凱的那幾次只是巧遇，都只是藉口，自欺欺人。

我轉過身拿了酒，走了出去，走到劉凱面前。

「你到底要幹嘛？」我問。

劉凱看著我，表情很複雜，我心情也很複雜，不知道這樣直接面對他，到底是好，還是不好。

他看了我很久，久到我覺得跟他搭話就是個錯誤，轉身想走時，劉凱在我身後問了一句，「妳有新對象了？」

我想起他見過我和呂星澤一起下樓。

我停下腳步，聽不出來他的語氣是關心還是質問。

「和你有關係嗎？」我說完，往前走，然後大聲的對著空氣說：「希望這是我最後一次看到你，如果你不希望我再繼續詛咒你的話。」我想這樣的音量，他應該聽得到，而且聽得很清楚。

很多事，早就該結束了，不知道為什麼，這些討人厭的緣分總是時不時找來，讓人覺得很煩躁。

我以為這輩子都不可能再和劉凱說話，如果發生這種事，一定是世界末日那天。但沒有末日，而且我回家後好好洗了個澡，一躺到床上就睡著了，一覺到天亮。醒來時，發現自己竟能如此平靜，也感到很新奇。我坐在床上，笑了，為自己而笑。

這次，我是真的長大了吧！

今天的日子照常，換衣服上工，到培秀姊那拿了杯咖啡，走上二樓，又被一堆急著銷初兒女的爸媽推擠。沒有不耐煩，只覺得辛苦他們了。

阿紫奶奶一看到我，又從紅娘所衝出來，手上同樣拿了一疊名單對我搖著，嘴裡大喊著，「湯湯！極品。」

「謝謝。」我說。

阿紫奶奶愣了一下，臉上寫滿了不解。

「妳不是說我是極品嗎？跟妳道個謝啊！」我解決了阿紫奶奶的疑惑。

阿紫奶奶瞪了我一下，「走開。」然後轉身走進紅娘所。

我突然想起什麼，朝阿紫奶奶的背影問：「阿紫奶奶，妳那裡有斬斷孽緣的那種符咒嗎？」

阿紫奶奶回頭，疑惑地看了我一眼，果斷地說：「沒有那種東西！好的緣壞的緣，都是妳要去珍惜和解決的，別煩神明！妳以為祂們很閒喔？走！走！走！上班去！」

好吧！果然還是得靠自己啊。

走上三樓，工作室已經開門，裡頭傳出丁熒講電話和茉莉快速打著鍵盤的聲音。

我走進工作室，牆上時間八點五十分。

「妳們怎麼這麼早？」我問。

「陪妳上班啊！」丁熒笑著說。

我笑了笑，坐在位置上，開始處理第二套樣本。今天一定要把剩下的兩套都趕完，明天才能交出去。

時間過得很快，我專注在工作上，背景音樂是茉莉、丁熒和阿紫奶奶三不五時傳來的笑聲、談話聲、吆喝聲，從早到晚，我桌上堆了一堆食物，但我動也沒有動。

丁熒和茉莉並沒有硬要我吃，她們懂得拿捏所謂的關心和付出，我們之間開始有了所謂的默契。

晚上十點，我結束了最後一針。做好了收尾，拿起最後一套白色天使，我累得好想哭，但又開心得快要死掉。想跟丁熒和茉莉分享喜悅，一抬頭，只見中間會議桌前，丁熒、茉莉跟阿紫奶奶正專注地在玩大老二。

我現在，似乎可以體會丁熒和茉莉過去那種叫做自作多情的心情。

我們的任何一種所作所為，過去欠的，都會還回來的。

茉莉是第一個發現我眼神黯淡的人。看到桌上最後一套樣本完成了，急忙丟下手上的牌走了過來，「都好了？」

我點點頭，把完成的三套睡衣穿到模特兒身上。

阿紫奶奶和丁熒也走過來。丁熒一臉驚喜地摸著紅色那套睡衣，我特別加上羽毛來表現如火的熱情，「這套是想著我設計的吧！」丁熒興奮地拿起手機，開始拍攝模特兒身上的成品。

「想太多了。」我笑著說。

阿紫奶奶則是摸著黑色那套。我加上了碎鑽，七夕聯名總得要有點七夕氛圍，將碎鑽做成銀河墜鍊，穿起來會在乳溝中間形成完美的視覺感，真的是誰穿上都會 high。

「這套有紫色的嗎？」阿紫奶奶問。

我搖了搖頭，第一次開口勸阿紫奶奶，「阿紫奶奶，我知道妳很喜歡紫色，但這個世界上還有很多顏色，妳為什麼不試試看？」

阿紫奶奶看著我，深情地說：「我是色盲，也是情盲，愛上一個人，就看不了別的顏色。」

我愣了一下，怎麼每個女人都這樣，我媽是，阿紫奶奶也是。

「唉，想我老公了。」阿紫奶奶嘆了口氣後，緩緩飄走。

我有一種說錯話的感覺，但丁熒和茉莉倒是不在意，丁熒好奇地問著，「來這都兩年多了，我還真沒有看過阿紫奶奶的老公，她這樣瘋瘋癲癲的，真的有老公？」丁熒小心翼翼地說出最後一句。

茉莉開口幫阿紫奶奶說話，「有啦，她老公好像被抓去關，不知道犯了什麼罪，無期徒刑的樣子，她一年才去看他一次。」

「真的假的？妳怎麼知道？」丁熒問。

「不就是聽培秀姊咖啡店裡那些婆婆媽媽說的？我才不想去問阿紫奶奶，被她單獨抓住，很難脫身耶。」茉莉說。

「好啦，反正那是阿紫奶奶的私事，現在湯湯都完成了，我們要做的事，就是慶祝！」丁熒提議要去吃火鍋。

一整天沒吃東西的我，在這時候很應景地歡呼了幾聲。

於是我什麼都還來不及收，就被丁熒和茉莉押上了丁熒的車。不到半小時，我們已經到了火鍋店門口，一下車就看到在門口等著的呂星澤。我意外地問：「你怎麼在這。」

茉莉拉著我往店裡走，「當然是我們約的啊！」

然後，我們四個人像餓死鬼投胎似地猛嗑著火鍋，誰都沒有時間說話，尤其是呂星澤不停地被燙到，還是不停地往嘴裡塞東西。

「不能吃慢點嗎？」我問。

呂星澤看了我一眼，把筷子上夾的豆腐塞進嘴裡說：「不能。」

我懶得理他，「燙死你算了。」

丁熒和茉莉突然起身，「我們要去前面便利商店買水，你們先吃。」然後匆忙跑開。

我看著她們的背影，再看著我們位置後方的自助茶水區，不知道這兩個在搞什麼。

「她們眼睛有事嗎？」呂星澤的視線也看著自助茶水區。

我笑了笑，「有吧！」

「明天約下午一點在我們公司，方便嗎？各部門主管都會一起開會。」呂星澤挾了塊牛肉到我碗裡。

「可以。」我說。

「應該可以拿出來見人吧？」他說。

我把牛肉丟回他碗裡，咬牙切齒，「非常可以！」

他笑出聲，原本笑彎的眼睛，突然瞇成了一條線，笑容也突然收斂，視線落在我身後，我回過頭去，看到了呂星澤的前女友和現任男友，牽著手走了進來。

我們四個人的眼神交錯，很尷尬。

前女友坐在和我們隔兩桌的位置，呂星澤的表情很嚴肅。我放下筷子，對他說：「我吃飽了，我們走了吧！」

呂星澤突然站起身，我嚇了一跳，急忙拉住他。

「你不要衝動。」我說。

他沒有理我，往前女友的方向走去。我趕緊跟在他背後，很怕他又要像上次那樣吵起來。這裡畢竟人多，在人多的地方吵架，永遠都是最不理智的，就像我現在想到那時急診室裡的護士跟醫生，都會忍不住臉紅。

簡直丟了八輩子的臉。

呂星澤站在前女友面前，他的前女友表情凝重，現任男友臉色也不太好，我站在呂星澤後面，在他耳旁小聲說著，「不要在這裡吵架，有事情等等我們去外面再說。」

只見他深吸呼一口氣後，對前女友說了一句，「對不起。」

我們三個人看著他，都愣住了。

呂星澤繼續說著，語氣緊張卻又非常誠懇，「謝謝妳和我在一起過，我現在才知道自己哪裡不好。過去讓妳這麼辛苦，現在說抱歉，不知道來不來得及……」

「我不會回到你身邊。」前女友堅決地牽起現任男友的手，打斷呂星澤，也想要閃瞎我的眼睛。

呂星澤急忙解釋，「我知道、我知道，我沒有要妳回來，我只是希望妳可以遇到很適合妳的人，未來可以過得很幸福、很好。」接著對前女友的現任男友說：「之前的事，我也很抱歉。」

前女友看著呂星澤，紅了眼眶，現任男友則是傻傻地點著頭說：「沒關係。」

我看著這和樂融融又感人的氣氛，原來這就是和解的魅力。我很為呂星澤開心，因為他總算和自己和解了，而我總是晚了一步。

呂星澤給了兩人禮貌性的微笑後，轉身回到自己的位置。我也跟著走了回去，看著他用不停的進食來掩飾自己的臉紅，我忍不住笑了出來。他抬頭看了我一眼，「沒關係，妳就笑吧！我只是覺得自己欠她一個道歉。」

我站起身，走到後面冰箱裡拿了幾瓶酒，貼心地幫他開了一瓶，也幫我自己開了一瓶，拿著我的酒瓶敲了他的酒瓶一下，「我笑是感動，因為我覺得你做得很好。」

他看了我一眼，不自然地說：「妳教我的。」

「我教過你？」我這種戀愛失敗的人，怎麼好意思教別人。

「有，因為妳不知道，妳自己其實很勇敢。」他越說越小聲，到我後來簡直沒聽見。

我疑惑地看著他，他也認真地對上我的眼神，以為我會懂一樣，但最後對我翻了個白眼後說：「算了，喝酒，妳多喝一點。」然後把所有我拿來的酒全部打開，放在我面前。

「你幹嘛開那麼多啊？」我瞪著他。

「要喝啊，不然咧？」他鄙視地看著我。

丁熒和茉莉不知道什麼時候回來的，看到桌上一堆酒都興奮了。我本來真的不想喝的，但他們一直逼我喝酒，我本來真的真的不想喝的，看到大家都這麼高興，我也就只好一直一直喝了。

從火鍋店喝到對面的路邊燒烤攤，聽著丁熒大罵各種男人，茉莉大罵為學長付出所有的自己，呂星澤則是充當兩人的戀愛專家，明明只在不久前好好地結束一段關係，怎麼好意思當起兩性專家？

但是聽著他們廢話，總是想笑，總是想和他們乾一杯，然後再一杯。

喝太多杯的下場，就是醒來發現自己已經在家裡。我睜開雙眼，發現是自己房間的天花板，然後就安心閉上眼睛，在床上滾來滾去，試著舒緩身體的宿醉感。賴床了好一陣子，才甘願起身。

昏沉沉地下床，腳正要踩到地板時，我直覺地張開眼睛，果然，呂星澤又睡在床邊的地板上。我看著他，不懂到底為什麼不能好好找地方睡……我抬頭看了一眼房間裡，家徒四壁，好吧！他也只能睡地上了。

我小心地下床，這一次試著不要再踩到他，結果我踩到了自己沒有穿好的拖鞋，整個人再一次跌在呂星澤身上。我發誓，在跌下去的那一秒，我真的在心裡很誠懇地道歉。

呂星澤的哀嚎聲差點刺破我的耳膜，「痛死我了，妳的骨頭好硬，戳得我好痛！啊啊啊！」

聽了就是令人忍不住發火。我坐了起來，狠狠往他胸膛打了一掌。他咳了兩聲，突然坐起身來和我面對面，我才發現自己竟坐在呂星澤的身上，和他之間只有五公分這麼曖昧的距離，打算趕緊起身，呂星澤冷不防伸手摟住我的腰，然後吻了我。

一陣天施地轉，但不是像偶像劇演的那樣讓人意亂情迷。而是三年多久違的吻，以現在這種狀況，我該不該享受？腦子一陣混亂，只知道呂星澤接吻的技巧還算不錯。

當彷彿長達一世紀這麼久的吻結束後，我和呂星澤對看了一眼，不知道該怎麼解釋現在這種氣氛。他看起來有點深情，但這眼神讓我有點退縮，我只好生氣地瞪了他，雙手抓住他的頭髮猛拽，「再給喝醉一點啊！把我當酒店妹了啊！」

他又開始唉唉叫，「痛！痛死了！」

我才驚覺，我這樣到底是為了掩飾自己的心慌，還是真的生氣，已經開始有點混亂了。趁他痛得唉唉叫的時候，我趕緊從他身上站了起來，然後走進廁所，打開水龍頭，看著鏡子裡臉微紅的自己，覺得有些事不太對勁。

沒什麼的，我告訴自己。

走出浴室，我試著不和他的眼神對上，「我好了，你快去洗臉，我要去上班了。」

他伸著懶腰，走進浴室前轉頭問：「妳……」

「幹嘛？幹嘛！你又要說什麼了？」我慌張地對著他大吼，很怕他要跟我說剛剛那個吻的事。

他莫名其妙地問我，「我只是想問，妳最近是不是缺錢？」

我愣了一下，「什麼意思？」

他轉身指著空盪盪的房間，「妳把東西都變賣啦？」

我鬆了口氣，「只是丟掉該丟的東西而已。」

他揚起微笑，淡淡對我說了一句，「妳也長大了嘛。」然後轉身走進浴室，我看著他的背影，忍不住笑出來。

趁著呂星澤在洗手間時，我快速換了衣服，等他出來，剛好一起出門。我拿了包包，他走在我後頭說：「我要吃早餐。」

我拿了鑰匙，「嗯，你去吃。」

「請我吃。」他說。

我回頭瞪了他一下，「為什麼？」

「因為昨天付完酒錢，我只剩下兩百塊，剛好付計程車費，然後為了搬妳下來，我的錢包掉在計程車上。」他講得好輕鬆。

「那怎麼辦？」錢不見小事，證件、信用卡不見才真的麻煩。

「有叫車資料，司機把錢包放在車行了，我再去拿就好。」他說。我的愧疚感少了一點，他馬上又白目地說：「我要吃好一點的早餐，妳錢有帶夠吧？」

我沒好氣地說：「有！夠讓你吃到吐。」他得意地笑了笑，我懶得理他，開門走出去時，卻踢到了一個箱子，不知道是我腳勁過大，還是那紙箱太脆弱，裡頭的東西就這樣掉了出來。

我和呂星澤低頭一看，我愣住了，我相信他也是。

在這短短的十秒內，我們都在說服自己，看到的這個東西應該不是我們想的那個，但它的確是。

一個寫了我名字的神主牌，上面還有準確的我的出生年月日。

我回神之前，呂星澤比我早一步撿起來，然後拿了那個紙箱，牽了我的手往樓下走，「我們去報警。」

在下樓的這段時間，我一直在想，這個人還真費盡心思，用這樣的方式詛咒我，真是新鮮手法。而這樣就能讓我死了嗎？我們都知道不行。這個人很天真，一把刀還比較有可能讓我死，但讓我疑惑的是，為什麼想要我死？

那封叫我去死的簡訊，又在我腦海浮現，我想，這應該是同一個人吧。

走到樓下，呂星澤氣沖沖地抓著我往前走，背後好像在噴火一樣，好像那神主牌上寫的是他的名字一樣。

當我不小心往旁邊一瞥，看到對面站的那個人，我愣住了，停在原地。呂星澤發現我不走了，轉身看了我一眼。他還沒有看到對街的那個人時，我已經從他手裡搶走了那塊神主牌，然後往那個人走去。

我走到劉凱面前，他的臉色蒼白，難道是知道自己幹了什麼事，要被拆穿了嗎？我生氣地把手上那塊神主牌往他身上一砸。神主牌掉在地上，應聲裂成了兩半，他看著我，再看著地上的神主牌後，抬頭看我，「這是……」

「如果連你都不知道，那我還真的不知道是誰了。」我冷冷地說。

劉凱嚴肅地看著我，「妳的意思是，這是我弄的？」

「你說呢？」我問。

「我沒那麼下流！」他反駁。

聽到這句話，我忍不住笑了出來，「你沒有嗎？和林曼如一起背叛我，用我們一起存的錢，買你跟她一起住的房子，在我買給你的高級彈簧床上做愛，用我付了頭期款的車去環島，連超速的罰單都是我幫你們付。整整騙了我一年半，這樣你還跟我求婚，讓我以為你會給我幸福。你做了那麼多骯髒事，你說你不下流？」

劉凱面露歉疚，「我知道是我對不起妳，我也一直很擔心妳，不知道妳過得好不好……」

「閉嘴！」我說。

他有什麼資格擔心我？在我因為他受了那麼多苦後，來問我過得好不好，真是個有夠愚蠢的問題。而問出這個問題的人，都不知道自己的可笑和殘忍。

「我過得好不好和你沒有關係，不要再讓我看見你，不然接下來，我就不是只把這東西砸在你身上了，我會直接報警。」我冷冷地說完，拉著呂星澤離開。他突然掙脫我的手，跑回去劉凱面前。

我對著他大喊不要，不要為了我揍劉凱，不值得。

只看他蹲了下去，把那塊神主牌撿了起來，然後再拉著我走到巷口，攔了輛計程車，告訴計程車司機我們工作室的地址後，就開始小心地用他的牛仔外套把神主牌包好。

「撿這個要幹嘛？」這麼不吉利的東西。

他轉頭看了我一眼，認真地說：「上面有妳的個資，流出去怎麼辦？」

我看著呂星澤，哭笑不得。

「先去吃早餐吧！」我說，

他搖搖頭，「現在是吃早餐的時候嗎？妳有那個心情，我可沒有。」然後再提醒司機先生開快一點。

我不太懂他到底在急什麼。

到了工作室，我還在付錢，他已經衝下車跑進大樓裡。我趕緊跟了上去，看到他站在二樓的紅娘所門口探頭。今天沒有聯誼活動，所以門是關著的。

「你要做什麼？」我問。

「那個奶奶不是乩童嗎？她應該知道怎麼處理這個東西吧！」呂星澤看著我問。

我再一次哭笑不得，想問他為什麼會覺得阿紫奶奶是乩童時，阿紫奶奶憤怒的聲音從一樓樓梯間傳來，「年輕人，你在講什麼屁話，誰是乩童啊！我明明就是仙女，你想要這輩子娶不到老婆嗎？」

呂星澤一聽到阿紫奶奶的聲音，喜出望外。我們同時回過頭，看到了阿紫奶奶、丁熒和茉莉正一起上樓朝我們走了過來。

呂星澤馬上把牛仔外套裡的神主牌拿出來，遞給阿紫奶奶，丁熒和茉莉一看，嚇得倒抽一口冷氣，「奶奶，這個怎麼要處理？」呂星澤著急了起來。

「怎麼會有這種東西？」丁熒看起來有點緊張。

呂星澤回過頭看了我一眼，似乎是在問我這件事能不能說。我嘆了口氣，自己把剛剛發生過的事，還有跟劉凱之間的關係和過去，簡單地講了一遍。

我才剛講完，丁熒就要往外衝，我急忙抓住她，「妳要去哪？」

「揍他啊！」丁熒說理所當然，還想繼續往外衝。

「但妳知道他在哪嗎？」我淡淡地問。

她馬上冷靜下來。倒是茉莉說出了重點，「如果他真的想知道湯湯過得好不好，那他幹嘛還用這塊神主牌胡鬧？聽起來他是想關心湯湯，應該不至於做這種事，我覺得這不是他做的。」

「障眼法啊！現在心口不一的人那麼多，這種人嘴巴說愛湯湯，下一秒跟她朋友搞在一起，你覺得他說的話可以信嗎？」丁熒反駁，我覺得她說的也沒有錯。

呂星澤也跟著分析，「我覺得從輪胎破掉、被潑油漆，還有這個神主牌，都是同一個人做的，只是現在都沒有直接的證據，這就有點危險。」

「這也有可能。」丁熒也附和。

還有跟蹤我、傳騷擾簡訊的，也應該都是同一個人，但真的是劉凱嗎？

把所有的問題都推給他，似乎是最快的答案，但冷靜下來，我才覺得似乎不太可能是他，但那會是誰？

阿紫奶奶拿了神主牌走進她的紅娘所，我們大家想跟上去，阿紫奶奶突然回頭看了我們一眼，「幹嘛？要聯誼？」

「不是要處理那個嗎？」呂星澤指了指神主牌。

阿紫奶奶翻了個白眼，嫌棄地看著我們說：「要處理啊！但是我拿進去丟就好了，你們跟進來是要幹嘛？上香喔？」

「呸呸呸！阿紫奶奶！妳不要亂說話。」茉莉出聲抗議，但我是無所謂啦！我並不覺得那塊木頭真的可以讓我怎樣。

「隨便丟掉真的沒有關係嗎？」呂星澤擔心地問。

阿紫奶奶很認真回應，「我不會隨便丟，我會好好回收，這樣可以嗎？你們是都不用上班就有錢進來了嗎？」阿紫奶奶一轉身走進，把我們四個關在門外。

「沒事，上班吧！」我說完，往三樓走去。茉莉跟在我後頭說：「這樣真的沒關係嗎？想到心裡就毛毛的。」丁熒也跟著說：「我覺得還是去廟裡拜拜比較安心吧！這人真的夠噁的。」

「沒關係，我相信阿紫奶奶會處理好的。」雖然毫無根據，但我就是打從心裡覺得，阿紫奶奶在某些事情上是非常可靠的，即便她今天仍穿得像芋泥捲。

我走到一半，突然想到呂星澤就這樣被我丟下。我趕緊再走下樓，叫住正要往樓下走的他，「等等！」

呂星澤回頭，我跑到他面前問：「需要我送你回去嗎？」

他笑了笑搖頭，「不用了，我坐計程車回去就好。」

「可是你錢包不是不見了，怎麼搭計程車？」

「我沒錢，公司有錢啊！妳快去上班吧！下午見。」他說。

「你確定？」我問。

「妳囉嗦耶。」他說。

我笑了笑，揮手要送走他的時候，聽見樓上傳來大叫，是茉莉的叫聲。我和呂星澤對看了一眼，同時往三樓跑去。

一走進工作室，就看到丁熒和茉莉站在我的座位旁，一臉驚慌。我有點緊張地走了過去，就看到原本人形模特兒身上穿的那三套性感睡衣樣本都落在地上成了碎片。

我不敢相信這一切。

蹲下去撿著一片又一片曾經被我握在手裡溫柔小心對待的布料，我難過得紅了眼眶。

「怎麼會這樣？明明有鎖好門啊。」茉莉慌張地問我。

丁熒則是氣得咬牙切齒，「怎麼會有這麼缺德的人？」

「妳們先確認有沒有其他東西不見。」呂星澤對丁熒和茉莉說。

呂星澤想要拉我起身，我卻拒絕了他，揮開他的手。即便這不是一個讓我花最多時間和心血的案子，我卻因為這個案子，和丁熒、茉莉爭吵過，因為這個案子，認識了呂星澤，在做這個案子的時間發生的許多事，都是我活到現在最美好的回憶。

我是用著這樣的心情，一針一線縫了上去，我是用著這樣的心情，想用這三套作品，來回報給在乎我、關心我的丁熒、茉莉和呂星澤。

我是用這樣的心情……而這樣的心情，成了地上的碎片。

「我放在抽屜裡要付的現金沒有不見。」茉莉說。

丁熒也在我身後說：「我檢查了我的位置，都沒有被翻過，其他地方也是，就是湯湯的位置被翻，還有樣品被破壞，這擺明就要針對湯湯的。」

針對我？我苦笑著掉了眼淚。

「對不起。」我哽咽著道歉。

丁熒和茉莉跑到我身旁，也蹲了下來。茉莉接摟著我，「妳不用說對不起啊！又不是妳的錯。」丁熒輕拍著我的背，「沒關係，幸好不是妳有事，樣本壞了可以重做，就算真的來不及，大不了我們賠違約金。」

「我不會讓妳們賠違約金的。」呂星澤說。

我抬起頭看他，他也看著我，然後對我說：「我剛才報警了。無論如何，還是要先備案比較好。」

我其實不知道該做什麼才比較好。

丁熒和茉莉很贊同呂星澤的做法，「幹得好！」丁熒說。

茉莉扶我站起來，坐到中間的會議桌前。呂星澤繼續對我說：「這幾天，妳先別單獨行動。可以的話，看能不能先住丁熒還是茉莉家，現在很明顯就是要針對妳，我怕接下來妳會有危險。」

「欸，你不要再說了，我現在心裡很毛，而且你想嚇死湯湯啊！」丁熒沒好氣地看著呂星澤。

茉莉也附和著，「我覺得阿澤說得很對，這幾天妳先住我那好了，雖然房間很小，但還夠住，等一下我陪妳回去拿東西。」

「謝謝妳，但我想還是不用了。」我對茉莉說。

然後我瞄到呂星澤的眼睛，非常嚴肅地看著我，我也看了他一眼，我知道他不滿意我居然說不用了這三個字。

我只好開口解釋，「我覺得會怎樣就是會怎樣，我總不可能躲一輩子吧！更何況現在根本不知道這些事到底是誰做的，我要怎麼防？防不了吧！然後為了防這些事，大家都沒辦法好好過生活，那也沒有用啊！」

丁熒和茉莉擔心地看向我。

「真的，我沒事，我現在只擔心合約的事。」這才是眼前要先解決的。

「公司有一筆備用金可以先應付，妳不要擔心。」茉莉安慰我。

我苦笑著搖頭，「我不想這樣就被打倒。」然後我想起昨天丁熒拍了很多照片，我轉頭問丁熒，「昨天妳拍的那些照片還留著嗎？」

「當然。」丁熒說。

我抬頭對呂星澤說：「下午的會議還是照常，這麼漂亮的作品，不能正常上市，怎麼對得起消費者？」

呂星澤盯著我，原本板著的那一張臉，總算有了一點笑容。

「我會幫妳的。」他說。

我點了點頭，「你說的喔！」

我們四人相視而笑，氣氛正舒服的時候，警察走了進來。於是我們分別做筆錄，看著警察拍照存證。

「湯小姐，妳最近有沒有和誰有過節？」警察問。

我搖了搖頭。

「那之前呢？有沒有和人結怨？」警察繼續問著。

我掙扎著到底該不該說劉凱時，我還是沒有說出他的名字。

「沒有。」我說。

我總是覺得這個世界上，沒有絕對的好人，也沒有絕對的壞人，我們生活的地方，始終是個灰色的世界。

第九章

我們都不要成為誰的地獄。

我總是覺得，讓別人擔心自己是一件很不道德的事。畢竟自己擔心自己的生活都已經夠累了，我不想拖累誰。或許也因為這樣，我和我媽的距離才會這麼遠。

我看著走在我前方的呂星澤，總覺得很抱歉。

做完筆錄，他陪著我來到他們公司。進公司前，他好好地跟我解釋了公司的一些狀況。這間保險套公司，他是四個股東之一，和我跟丁棼、茉莉的經營方式有些雷同，三個股東分工負責不同部門，大老闆不管公司的事，只要有獲利就可以。

「大家都是為了公司好，如果話說得比較重，妳不要想太多。」呂星澤先幫我做好心理建設。

我點了點頭，讓他帶我走進會議室。

裡頭已有一男一女在裡頭等候，表情並沒有太好看，我趕緊出聲道歉，「不好意思，讓你們久等了。」

「既然知道會不好意思，為什麼要讓我們等？」女生犀利的回應，根本就是另一個丁熒。

幸好我平常聽習慣了，並不覺得受到打擊。

「Amy！」呂星澤示意她注意態度。

我將丁熒的拍的照片存在平板裡，然後接上投影布幕，出現樣品照。

「這什麼意思？」Amy 瞪著照片說。

「因為有一點狀況，樣品破損了，所以現在只能用這樣的方式 show 樣品，但再給我一天時間，我可以重新再做好樣品，真的非常抱歉。」我坦白地說，不想找任何藉口，向他們深深的鞠躬致意。

Amy 生氣地看著呂星澤，「這到底是在搞什麼鬼？當初我說繼續和艾珍妮合作，你偏要找這什麼爛公司？今天都什麼時候了，通路那裡再兩星期就要交貨了，現在連樣品都還不能確認？合約上是這樣寫的嗎？」

另一個人開口對著 Amy 說：「冷靜一點，去年跟艾珍妮合作效果就是不好，幹嘛再提。」然後轉頭問呂星澤，「阿澤，今年是你負責的，現在這樣，你怎麼說？」

呂星澤還沒有說話，Amy 就冷冷地說：「有什麼好說的，照合約走啊！違約賠錢就是了。浪費我的時間，多等了十分鐘就算了，結果還什麼東西都沒有看到。」

「我保證可以在時間內出貨。」呂星澤說，他對我真的很有信心。

我只能在心裡苦笑。

Amy 聽著冷哼一聲，另一個男人看了我一眼，「阿澤，這樣太冒險了，一切還是照合約走，我們趕緊再討論出新的活動來救急，做些促銷活動也行啊！」

「不行，和 Motel、連鎖飯店好不容易談好合作，他們也向消費者丟出相關訊息了。這樣喊停，有損公司形象，而且我保證一定可以如期完成。」呂星澤不放棄地繼續說服著兩人。

「我也保證，給我一天時間，明天下午五點之前，我一定可以交上樣本，讓大家確認，請相信我。」我也不想放棄。

Amy 打量了我一番，「我還是贊成喬治的提議，不能冒險，就這樣。」說完便起身走人。

那位喬治先生也站起來，拍了拍呂星澤的肩，「我覺得買一送一或是兩件八折都不錯，給你參考看看，辛苦你了。」然後也跟著Amy走了出去。

會議室內只剩下我和呂星澤，跟沒有人要看的投影布幕。

我走到呂星澤面前，他抬起頭，歉疚地看著我。我給了他一個微笑，「謝謝你這麼幫我，結果我還害你負責的案子出問題。讓你這麼為難，真的很對不起你。」

他看著我，伸手摸了摸我的頭，沒說什麼。

我感受到他指尖的溫暖，有點想哭，但在哭出來之前，我清了清喉嚨說：「後面違約的事，我會回去跟丁熒和茉莉討論要怎麼處理。」

「先別說這些了，我送妳回去，今天發生這麼多事，夠妳累了。」他從昨天晚上到現在，連自己家都沒有回去過，冒出來的鬍渣和凌亂的頭髮，看起來比我更累。

我微笑著搖了搖頭，「我自己回去就可以，你快回家休息吧！」很想再多說些什麼，卻什麼都說不出口，說再多抱歉都沒有用，說再多感謝也都於事無補。我收好東西，轉身離開。

不敢再回頭看呂星澤，我覺得他認識我，實在很可憐。

一離開呂星澤公司，我在群組聊天室內傳了「失敗」兩個字。

丁熒和茉莉已讀不回。

我把手機收進包包，獨自走在街上。試著習慣別人對我的失望，其實，大不了也就是像過去一樣。

放空走了一個多小時，走到天黑，剛好走到公司。

在走進大樓時，遇見了出來丟垃圾的培秀姊，「海若，這時間，妳是要上班還是要下班啊？」

我笑了笑，「我也不知道。」

培秀姊愣了一下，關心地問：「妳還好嗎？臉色不太好。」

我點了點頭，「沒事，最近比較累而已。」

培秀姊突然想起什麼，「妳等我一下，我有東西要給妳。」接著跑回咖啡店，沒多久後又跑了出來，拿了一袋東西給我。

「這是低咖啡因的咖啡粉。最近發生了那麼多事，妳需要的是多睡一點，真的很想喝咖啡，就喝這個吧！我特地請廠商幫我找了一些，試了之後，覺得這款妳會喜歡。」這是我第一次聽培秀姊一口氣講這麼多話。

我感動地接了過來，「謝謝妳。」

培秀姊給了我一個微笑，「忙完早點回家休息。」

我點了點頭，目送培秀姊進了咖啡店後，走上三樓的工作室，坐在自己的位置上，把合約書看過一遍又遍，上網查詢自己的存摺餘額和計算現在所有資產的價值夠不夠賠違約金。

然後開始後悔，為什麼當初我要付劉凱買房、買車的錢，為什麼我這麼努力辛苦工作賺來的這一切，花在一段結束得這麼慘的感情上。

越想就越覺得是地獄。

我嘆了口氣，一抬頭，差點沒被站在門邊的人給嚇死。那個人也被我突然的抬頭給嚇到，我看著只見過一次面的他，不知道他為什麼要來這裡。

「可以進去嗎？」他問。

我看著他，點了點頭，反正我已經沒有什麼可以給他了。

「我叫湯海誠。」他走到我面前說。

「有事嗎？」我冷冷地回應。

這個同父異母的弟弟，看起來似乎很緊張，他緊緊抿著嘴唇，腦子裡似乎還在組織該怎麼和我對話。

「要喝水嗎？」我問。

他嚇了一跳，眼神似乎覺得我不該對他這麼好，「不用了。」他說，然後看著我，又過了好一會兒，才緩緩說了一句，「我想幫我媽，跟妳媽說一句對不起。」

換我嚇了一跳，「為什麼？」

他用著特殊的口音，就像茉莉經常在中午收看的中國偶像劇裡演員清脆好聽的腔調，「我知道我是小老婆的兒子，我六歲就知道了。我就一直感覺心裡特別愧疚。小時候，爸爸只要一回台灣，我媽呢就躲棉被裡哭，很怕爸爸不回來，但要是爸爸一回來，我媽呢也哭，因為不知道爸爸啥時又要走。」

我看著湯海誠，不明白他到底為什麼要跟我說這些。

「我看過我媽難過，知道妳媽媽應該也會難過，那我姊姊看到自己的媽不開心，會不會也不開心？我常常這麼想著。」

他說「我姊姊」這三個字時，我心慌了一下。

「爸爸常對我說，你有個姊姊在台灣，說實話，我喜歡有個姊姊……」

在掉進他的溫情攻勢前，我先打斷他，「可以講重點嗎？我不覺得只因為同姓湯，我就需要聽你的心情故事。」

湯海誠尷尬地搔了搔頭，十足的青少年樣，「我這幾天在台灣的網頁上搜尋了姊姊的名字，找了很久，才在一間網店上看到姊姊的照片，我才知道姊姊是很厲害的設計師。以後我們要留在台灣生活了，爸不知道我找妳，我只是想說，爸爸還是很在意姊姊的。」

聽到最後一句話，我忍住，沒有冷笑出來。

我看著他，很認真地說：「別叫我姊姊。」

湯海誠收起了笑容，這句話似乎對他打擊很大，我看著他驚慌的表情，不是沒有歉疚的感覺，但是他的每一句姊姊，都不停地刺痛我的心，也許還有我媽的心，希望她的靈魂不在這裡。

「讓你聽到的這樣的話有點殘忍，畢竟有些事，都不是該由我們來道歉的。」事實上，我們兩個就是這些關係裡面最無辜的人。

他看著我，不太明白我在說什麼的樣子。

我看著他，對他說：「湯海誠，我們很難成為真正的姊弟，我們也不需要成為真正的姊弟。」

「為什麼？」他看起來滿難過的。

「從今以後，你爸爸就只是你的爸爸，不是我的，我對他沒有任何感情，以前會恨他，但現在我連恨都懶了。他對我來說，只是一個知道名字的陌生人，我和他不會有感情，現在是，以後更是。」我不是負氣，也不是因為他選擇了新的家庭，才報復我眼前所謂的弟弟。

只是，我真的明白，有些人，這輩子就是註定沒有緣分的。

或許會有人覺得，這樣下去，以後我會後悔。

那就後悔吧！

以後後悔，總比現在後悔來得強，我無法強迫我自己對一個毫無感情的人孝順或對待他像對待舅舅一樣。抱歉，身分證上就算有他的名字，我也做不到。

那句「再怎麼樣都是妳的爸爸」，是旁人無視我感受的霸凌，別論斷我該用什麼態度來面對這畸形的親情，那句話，對我來說是一句笑話。

我沒有爸爸，我平心靜氣，沒有半點委屈。

「妳不能原諒爸爸嗎？」湯海誠難過地問。

我笑了笑，「我又不恨他，為什麼他需要我原諒？湯海誠，爸爸給你，請你好好對待他，就像他對你一樣。可以的話，不要再來找我，我有我的家人，我的家人是舅舅、舅媽和表姊們。我有很多人愛我，我也會好好的愛他們，我們各自開心幸福，好嗎？」

湯海誠看了我很久，像是想要再說服我，卻怎麼也開不了口。他洩氣地垮下肩膀，轉身要離去時，我對著他的背影說：「你很不錯，希望下輩子，我們可以當真正的姊弟。」

湯海誠轉過頭來看我，紅了眼眶。我給了他一個微笑，我想，再過十年，他一定會明白我為什麼做這種決定。

「就知道妳還在公司。」丁熒的聲音突然在門口響起，後面茉莉也探出了頭，對我笑著。

我嚇了一跳，不，是我們四個人，包括湯海誠也嚇了一跳。他迅速地用手背擦去一些淚水，我看到了。

但我收起愧疚，面對這樣錯綜複雜的關係和情緒，無論選擇怎麼面對，我都沒有錯。今天他來找我也沒有錯，就只是上天搞錯了某些事，或是故意搞出了這些事。

我能做的，就只是做出對自己有利的選擇。

或許我很自私吧！但辛苦了這麼久的我，總是覺得自己有資格自私的。

丁熒指著湯海誠慌張地說：「你來幹嘛？」

「沒事，他要走了。」我平靜地說，也試著讓丁熒平靜下來。

湯海誠看著我，才十八歲的他，眼神很複雜，我想，他在今晚也體認到了，現實，總會狠狠呼自己巴掌。或許他現在心裡正想著：那個跟我同姓湯的姊姊又賤又難搞，我決定討厭她一輩子。

如果他體會到的只有這樣，那就太可惜了。

我希望我們都很平靜地去看待那些我們無法擁有的東西，然後誰都不要強求。

「拜。」我說。

湯海誠再望了我一眼後，轉身離開。

丁熒和茉莉急忙跑到我旁邊問：「他來幹嘛？要欺負妳嗎？」

我搖了搖頭，「看起來好像是我欺負他。」

她們一臉疑惑。

我沒有力氣再解釋，「別說他了，妳們怎麼這時候來？」

她們也沒有繼續追問，我們之間的默契似乎越來越好了。

「來開 party 啊！」茉莉走到會議桌前，把買來的食物鋪開。

聽到開 party 我就忍不住苦笑，丁熒笑著勾住我肩膀說：「今天多值得慶祝啊！錢再賺就有了，但夥不能拆，我們知道妳在想什麼，別給我亂來。」

「沒錯，這是我們的工作室，合約是工作室簽的，不是只有妳，所以別想什麼都自己一個人擔。」茉莉也幫腔。

「要賠不少，妳們確定嗎？」我問。

「就算整間公司都賠了，我們可以再來啊！成功過一次，怎麼可能不能成功第二次？而且老實說，那筆違約金，工作室賠得起，茉莉都算過了。」丁熒拉著我坐到會議桌前，把筷子塞到我手上。

「好了，從現在開始，不說工作的事，說的人罰吃辣椒油。」丁熒說。

我和茉莉笑了笑，然後就聽丁熒的話，我們都不聊工作，聊天氣、聊星座、聊明星八卦、聊所有女人都會聊的事，就這樣聊到晚上十點多，因為茉莉還得去幫她的阿泰學長，聚會才結束。

如果要給今年的快樂時刻排名，今晚我們三人的聚會，會在我的前三名。

「我送妳們回去。」丁熒馬上轉頭看我，「妳不准拒絕，呂星澤說妳最近不能單獨行動。」

我沒有拒絕，因為我不想再讓任何一個人擔心。

於是我很乖巧地讓丁熒送我到巷口。雖然她們很堅持要送我進屋裡，但我覺得巷口已經是我的極限，再送到家門口的話，我會有一種自己好像廢人的感覺。

我下了車，和她們道再見。

經過巷口雜貨店時，門已經是關起來的，老闆娘真的不再營業了。我看著拉下的鐵門，裡頭傳出阿雄和朋友在看球賽激動的加油聲，和低沉的說話聲，總感覺這聲音有點耳熟。

我笑了笑，人懂事後，好像會變得太感性，我和這間店相處的時間太久了，從大學到現在，它沒有離開過我，我也沒有離開過它，或許是之間的距離保持得剛好吧！

但總是有結束的一天，雜貨店是，任何一段關係也是。

我走了兩步，眼前一抹熟悉的身影映入我眼裡。我看著她，停住了腳步，愣在原地。我面前的這個女孩，她也曾經陪了我很久，只是在她選擇和劉凱一起欺騙我的時候，關係就已經結束。

我看著三年多沒見的她，她抬起頭，也看著我。

我在心裡嘆了好大一口氣，今天到底可以多倒楣？不想見的人，在今天可見到了。我當然不會天真地以為她只是路過，她的眼神看起來就是在說：「妳終於回來啦！我等了妳好久。」的樣子。

我站在路燈下，等著林曼如先開口。她盯著我，緩緩走到我面前，光線把她的臉龐照得更清楚，我是那種國中時就先老起來放的人，她則是一張娃娃臉，笑起來左臉有個小梨渦，看起來很甜，說話的聲音也很甜。高一新生入學，她先向我靠近時，我也就這樣喜歡上她。

但現在的她，看起來很世故滄桑，和三年前不太一樣。

她把菸蒂丟到地上，用紅色高跟鞋踩熄，我不知道她什麼時候學會抽菸的，我也不會問。

她給了我一個微笑，「可以跟妳聊聊嗎？」

「不可以。」我不認為我們還是那種可以聊天談心的關係。

林曼如笑了出來，「妳還是跟以前一樣，很不會做人。」

「是嗎？」我倒是覺得自己變得很會做人，我以為當我再遇到劉凱和林曼如時，我會把他們兩個一起推向車潮來去的大馬路，或是拿出曾經想買起來放的手槍，一人給他們一顆子彈。

而我竟沒有自己想像的那麼憤怒。雖然看到他們還是覺得非常不舒服，但已經沒有那種心痛的感覺了。不知道該謝謝自己，還是要感謝時間帶走了那些不愉快。

「我和劉凱結婚了。」她突然說出這句。

干我什麼事？

「但我知道，他還忘不了妳。」她又從包裡拿出另一根菸點著，等待我的回應。可惜，我不知道要說什麼。

「我知道過去是我們對不起妳，但是請妳記得，他是我老公。」她輕吐了個煙圈，看起來是個老菸槍。

「他是什麼人，妳是什麼人，我都不想記得。」記得這要幹嘛？我現在只想記得開心的事。

她笑了笑，「妳還恨我嗎？」

「如果妳是來警告我離妳老公遠一點的話，那真的不用多跑這一趟，我不是多寬容的人，對妳是，對他也是。」我說。

她再一次把抽了一口的菸熄掉，從包包裡拿出她的皮夾，裡頭有個小女嬰的照片，「我和凱的女兒。」

我真的很想翻白眼，就算生兒子還是龍風胎都不干我的事，我真的不知道她到底要幹嘛。「喔。」我敷衍了應聲，繼續對她說：「沒有其他要說的我就先走了。」

我抬起腳步往前走，林曼如突然在我身後說：「二〇一三年五月二十日是我跟凱在一起的第一天，那天我們就上床了。二〇一五年一月一日是我們結婚紀念日，二〇一五年十一月三十日是我們寶貝女兒出生，我們在英國一直很幸福……」

我停步轉身，想對她罵髒話，她卻突然在我面前跪了下來，「請妳不要破壞我和凱的婚姻，我愛死他了。」

非常的戲劇化。

髒話收回心中，林曼如真的比我更愛劉凱，我沒辦法為了一個男人向別的女人下跪，除了他媽。

我有點不耐煩，「我剛講的妳聽不懂嗎？」我記得她以前不是一個笨蛋啊！怎麼現在智商變低了？

「如果妳恨我，妳直接報復我，妳打我都可以，我不會還手。」她說著就拉著我的手要打自己巴掌。我嚇了一跳，趕緊把手抽回來。她馬上抱住我的大腿，繼續求我，「海若，拜託妳不要搶走劉凱，那時候劉天宇我也讓給妳了，這次妳不要跟我搶好不好？」

原來，我們總是愛上同一個男人。

而讓女人反目成仇的，也總是同一個男人。

我哭笑不得，講什麼都沒有用，我想把她拉起身，但她怎麼都不肯，她不動，而我也動不了。

「妳不要這樣，放開我，我和劉凱早就不可能了。」我對著她的頭頂說。

她似乎只沉浸在自己的情緒裡，根本聽不進我說的話，「不要搶走劉凱，我求妳……」

她太過激動，手指甲掐進了我的大腿皮膚都不知道。我很痛，可是怎麼也掙脫不了。突然有一股力量將林曼如拉開，我鬆了口氣，抬頭一看，竟是呂星澤。

他把林曼如拉到一旁，然後站在我面前，轉頭問我，「妳有沒有怎樣？」

「沒有，但你怎麼在這？」

「來附近找大老闆談事情，正要去開車，就看到妳在這。」呂星澤邊回頭說著，又邊注意林曼如的動靜。

林曼如的情緒仍然還沒有平復，隔著呂星澤，繼續向我拜託。「過去都是我的錯，這次算我拜託妳，妳要我怎樣都可以……」

我拉開呂星澤，很認真對著林曼如說：「我現在告訴妳，我不會破壞妳和劉凱，不會就是不會，請妳和劉凱都離開我的生活。」

林曼如聽了我的保證，呼吸漸漸平順，過了好一會兒才開口，「那我就相信妳一次。」

然後就踩著她的大紅高跟鞋，轉身離開。

我看著她的背影，慶幸自己沒有像她一樣。

「幹嘛一直看我。」我連頭都沒有抬，就能感受到呂星澤的視線。我知道他想說什麼，不外乎就是我怎麼走到哪都有事。

「要不要跟阿紫奶奶再拿個平安符？」呂星澤建議。

「真的發生什麼事，神都救不了好嗎？」我轉身往家的方向走，呂星澤跟在我旁邊。

「她是誰？」

「劉凱的老婆，我曾經的好朋友。」

「來抱妳大腿？」

我轉頭看他一眼，呂星澤挑了挑眉，我笑了出來，「嗯，而且抱得很緊。」

裙子碰到傷口還刺刺的。

「我覺得她怪怪的，會不會和最近的事有關？」

我聽著呂星澤的話，再回想林曼如抽菸的樣子，全身起了雞皮疙瘩。我馬上把林曼如的身影從腦海中放逐，不會是她，也不要是她。

我真的希望不要是她。

如果是，那她就太可憐了。

「不是說最近不要自己一個人行動了嗎？」他說。

「總不能無時無刻綁一個人在我身邊吧！大家都有自己的事要做。」

「現在是非常時期。」他強調。

「沒有那麼嚴重。」

「是妳不懂嚴重性。」

兩個人就要吵起來時，幸好已經走到家樓下。我本來想轉頭對他說我自己上去就可以了，但看到他一臉好像天已經塌下來的樣子，那句話我就收回肚子裡。因為我怕他又會大吼，「妳到底有沒有搞清楚狀況！」

我只好讓他跟著我上樓。關門前，他對我說：「合作案的事，先不要放棄得太早，我還在努力。」

我站在門口愣住了，因為感動。

因為我真的放棄了，然後他告訴我，他還沒有。

有一個人為自己奮鬥著的感覺，美好得太不真實。

他見我傻住沒動作，把我往屋裡頭推進去，然後從外頭把門關上，在外面交代我，「鎖門！」

我回過神，把門鎖上，才聽到他腳步離開的聲音。

今天所有發生的好事，都讓我很感動，因為那些對我好的人。今天所發生的壞事，也讓我很感動，因為我自己。

我比自己想像的成熟了很多。

洗了個澡，躺在床上的那一刻，我陷入昏睡，這一天真的過得太長，也太累。

隔日一早，丁熒來接我，茉莉也在車上。

「以後三個人一起上班好了，感覺很不錯。」茉莉笑著提議。

「我才不要，這麼早起，我頂多只能連續一星期早起，超過一天我直接死在妳面前。」果然是丁熒。

「我也不要。」我不要大家為了我，搞亂自己的生活。

丁熒送我到工作室樓下，就去客戶那裡了。茉莉則是先去銀行。我一如往常地先到培秀姊咖啡店裡買咖啡，裡頭仍是一堆婆媽在聊八卦。

培秀姊招呼我坐到吧台，「海若，妳先等我一下，今天有新豆子。」

我微笑著點頭，翻起一旁的雜誌。一個和我年紀差不多的女人，氣沖沖地坐到我旁邊，倒著水就喝了起來。見培秀姊從後方廚房走出來，便開始大聲對著培秀姊抱怨，「培秀，妳知道我小姑多過分嗎？她要結婚，竟然叫我老公買一台汽車給她當嫁妝，我每天都騎摩托車載小孩上下課，她憑什麼要汽車？」

培秀姊都還沒有回應的時候，突然有個女聲在我後面響起，「大嫂！妳都是這樣在外面抱怨我們家的事嗎？」

我回過頭，小姑正站在大嫂後方很火大。

我直覺不太不妙，將椅子稍微往旁邊挪了一點，眼見大嫂也豁了出去，惱羞成怒，「如果沒有做錯，幹嘛怕我抱怨？拜託一下，妳之前沒工作在家白吃白喝的時候，都是我老公救濟妳的，現在好不容易要嫁了，還要挖我老公的錢？」

「好笑了，那是我哥說要給我的，妳一個外人在計較什麼？我跟我哥都姓林，妳姓王，就算我嫁出去了，妳也只是個外人。」

「我為你們林家生小孩，做牛做馬，妳居然說我是外人！」

「不然呢？妳沒嫁給我哥時，他賺的錢都是我們家的人在花，妳嫁過來之後，就那個不能買，這個不能要，還真以為自己很了不起。如果我哥跟妳離婚，妳連個屁都不是。」

「妳再我說一次。」

「說一百次也一樣。」

大嫂衝向小姑，抓了小姑的頭髮。小姑為了防守，也抓住大嫂的頭髮，兩人就這樣扭打了起來。我整個傻眼，周圍的人也怕牽扯進去，退後了幾步。培秀姊急忙從吧台跑出來，試著拉開兩人，卻不小心中了小姑一巴掌。

啪！那一聲超響亮，大嫂小姑嚇到停手。咖啡店一陣靜默，我趕緊過去查看培秀姊的狀況，她的臉都紅了。

我的怒氣被那個巴掌印點燃，直接對著兩人開吼，「妳們有病啊！家務事不會自己回去處理嗎？搞得別人店裡亂七八糟，還打人！」

她們兩個還想為自己辯解，我怎麼可能給她們開口的機會。我指著大嫂，「活該妳有這樣的樣小姑。」再指著小姑，「妳也活該有這樣的大嫂。」

我把她們兩人往外推。「都是你們自己的問題，出去！」

大嫂小姑愣了一下，自己也覺得丟臉，便馬上轉身走了出去，邊走還邊繼續吵。幸福都被吵光了，還想要什麼幸福？

阿紫奶奶從門口走了進來，看現場一片凌亂，對其他客人說：「幹嘛站著，不幫忙整理啊？」

婆媽們回神，大家開始整理著桌椅，掃著剛打破的杯子。我扶培秀姊坐到一旁，「還好嗎？」我問。

培秀姊搖搖頭，「沒事，只是有點嚇到。」

阿紫奶奶穿著深紫色的洋裝，走了過來。她今天的穿搭概念要不是桑椹就是藍莓，反正不管是什麼都很健康。「湯湯，我第一次看到妳講話這麼大聲，不錯！肺活量很好。」阿紫奶奶對我說。

「謝謝。」我說。

阿紫奶奶滿意地伸手摸了摸我的頭，突然臉色微微變了，又伸手在衣服裡掏啊掏的。我趕緊出聲，「阿紫奶奶，別再給我平安符了，我脖子越來越重了。」我把之前阿紫奶奶給我的那些平安符從領口拉出來給她看。

我一直都戴在身上。

阿紫奶奶看著那些護身符，冷哼了一聲，不再繼續掏，對著我說：「算妳有心，我以為妳這硬脾氣肯定會把這些都丟著。妳這幾天，要不要來陪我睡？」

「當然不要啊！」

「為什麼不要，我可以保護妳，妳厄運還沒有過耶。」阿紫奶奶掐著她的手指算著。

我認真對阿紫奶奶說：「就算我明天會死，妳也不要告訴我，不然我連最後一天都沒辦法好好過。雖然我不覺得妳有這麼厲害。」這世界上或許有神，但阿紫奶奶不是，我身旁的任何一個人都不是。

我們只是神擺下的棋子，在各自的棋盤內和神對奕，永遠不知道神會怎麼走下一步，當然神也不知道我們的。

「妳別小看我，我可是……」阿紫奶奶又要開始自誇時，培秀姊看著落地窗外說：「海若，外面那個人是要找妳嗎？他一直看妳。」

我和阿紫奶奶同時轉過頭去，劉凱就站在外頭，這對夫妻也真是有趣。

我沒打算出去跟他廢話半句。

「看妳這眼神，應該是認識的喔！多久以前認識的？有沒有在一起過？有沒有愛過？」阿紫奶奶在我耳旁一直唸著。

但我沒有心思理她。

我看著窗外，劉凱在窗外看我。想著要怎麼解決這僵持的局面，然後我看到呂星澤也突然出現在窗框內，走向劉凱，和劉凱交談起來，劉凱的表情越來越凝重。

「這是什麼情形啊？」阿紫奶奶疑惑，我也是。但比起疑惑，我更擔心的是呂星澤，我擔心他打劉凱，他的手會痛，也擔心劉凱打他，他會痛。

劉凱和呂星澤對話了幾句，轉頭看了我一眼，就離開了。

呂星澤走了進來，走到我的面前。我問他，「你跟他講了什麼？」

他沒有回答我，反倒是對我說：「只有一天，妳有辦法趕出樣品嗎？」

「什麼意思？」

「大老闆答應多給一天，明天早上，他要親自看樣本。」

我興奮地跳了起來，剛剛他和劉凱說什麼我都不在乎了，我緊抓著呂星澤不放，開心地說：「當然有，絕對有，肯定有。」

我們相視而笑。

阿紫奶奶突然把呂星澤拉開，夾在我們中間，「湯湯，妳快說啊！那男的是誰？」

我實在是很不想把失敗的戀情到處宣揚，尤其一旁還有一堆三姑六婆，每個耳朵都靈得跟什麼一樣。雖然成為茶餘飯後的話題我也不會少一塊肉，但談了一場這麼失敗的愛情，真的是沒有什麼好拿出來說嘴的。

但呂星澤好像不這麼想。

他伸出手指，敲了敲阿紫奶奶的肩頭。

阿紫奶奶回頭看著他，呂星澤開口對她說：「奶奶，如果最近這個人還有再來，要請你們多注意一點。」呂星澤也對著培秀姊說，培秀姊沒問什麼，點了點頭。

倒是阿紫奶奶打破砂鍋問到底，「為什麼？」

呂星澤沒有回答，阿紫奶奶轉過頭繼續問我，「為什麼？為什麼？為什麼？」

我沒好氣地說：「因為他是我分手的前男友，現在是有婦之夫，得要保持距離。」轉頭瞪了呂星澤一眼，用唇語對他說，你看看你，沒事開這個頭幹嘛？

他聳了聳肩，用唇語說，我是擔心妳。

「多久前的前男友？」阿紫奶奶問很細。

「三年前分手的。」我的耐心開始消失。

阿紫奶奶倒抽一口氣，抓著我說：「那是妳的真命天子，管他有沒有老婆，快去把他搶回來。」

「屁啦！」我跟呂星澤同時抬頭對阿紫奶奶說。

阿紫奶奶很認真地往我的方向看過來，「湯湯，妳這輩子的姻緣就是出現在三年前，那時候姻緣冊上有妳的名字，線早就都牽好了。」

我笑了出來，「如果連線都牽好了，為什麼我還是單身，那就是不準啊！」

「就是啊。」呂星澤也一臉不相信地附和。

「阿紫奶奶，妳別鬧了，雖然妳紅娘所很有名，但也不能這樣亂來。」培秀也制止阿紫奶奶。

阿紫奶奶不放棄，眼神萬分真摯，「我跟妳說真的，快去把那男人追回來，如果妳沒有好好把握三年前遇到的姻緣，妳這輩子真的會孤老終身，嫁、不、出、去。」

「嫁不出去就嫁不出去。」

「嫁不出去我娶。」

我和呂星澤同時回應阿紫奶奶，我懷疑我自己聽錯了。

「你以為你說娶就真的可以娶啊？姻緣是老天注定好的，湯湯就是注定要跟那個男人在一起，除非你三年前就認識她，還可能有一點點機會，不然你門都沒有，哼！」阿紫奶奶瞪著呂星澤說。

呂星澤也不示弱地回應阿紫奶奶，「就算我三天前才認識她，就算我連窗都沒有，我想娶她，我就會娶到她，哼！」

我和培秀姊看著他們兩人吵得不可開交，一句來、一句去的，說得完全溜了，完全忘了我才是當事人。

「不可能！小子你以為姻緣名冊和紅線在訂好玩的啊！哼！」

「有圖有真相，名冊在哪我看看，紅線在哪我看看！哼！」呂星澤伸出手跟阿紫奶奶要東西。

不懂這兩個人到底能多幼稚，什麼都要哼一下，好像這樣比較厲害一樣。

「天機不可洩露，你懂什麼！哼！」阿紫奶奶氣得往他手上打去。

「天機有個屁用，我只知道結婚靠的不是名冊也不是紅線，是愛！是愛啊！哼！」

「那你就愛湯湯嗎？哼！」

「愛！」

好了，不只我愣住，全場的人都愣住了。三姑六婆津津有味地看著好戲，我無奈地看了阿紫奶奶一眼，然後起身推開呂星澤，對他們說：「你們繼續吵。」

我走出咖啡店，上樓時，呂星澤從後頭拉住我，「海若。」

我站在階梯上回頭看呂星澤，忍不住唸了他幾句好化解這曖昧的氣氛，「你真的很無聊耶，幹嘛跟阿紫奶奶吵，還把我拖下水……」

「我是說真的。」他打斷我。

我愣住。

「想娶妳是真的，愛也是真的。」他認真的眼神，讓我知道，他說的是真的。

我和他相視了一會兒，腦子一片混亂，不知道過了多久，我才緩緩對他說了一句，

「剛剛那些，我會當作是玩笑話。」

然後轉身上樓。

——

心跳很快，但根本不知道自己說了什麼。

第十章

悲傷，已經回不去了。

我冷靜地上樓走進工作室，冷靜地喝了口隔夜茶，冷靜地按下電腦主機開關，冷靜地動了動滑鼠，冷靜地認為剛剛在樓下和呂星澤說的話都只是幻聽。

「妳應該不是那種結婚就不工作的女人吧？」丁熒的聲音突然響起。

我抬頭一看，她居然就在我面前。我嚇了一跳，「妳、妳在講什麼啊？」我冷靜地結巴著，「妳不是去客戶那裡了嗎？」

丁熒露出非常幸福的笑容，「忙完就回來啦！妳不要故意轉移話題，剛阿澤跟妳求婚了？你們也太趕進度了吧！好浪漫。」

丁熒的話，冷靜地提醒了我，根本不是我幻聽。

「他開玩笑的。」我強壓住心臟高頻率的跳動。

丁熒打量了我一眼，笑得非常高深莫測，「我覺得妳的拒絕，聽起來比較像在開玩笑，就是言情小說裡的劇情，女主角說不要、不要、不要，結果還是跟總裁上床了。」

「什麼爛比喻。」我沒好氣地說。

「反正我是很看好你們的，妳就不要再掙扎了。女人啊，沒有那麼多時間……」

聽到丁熒說時間兩個字，我忍不住大叫。

丁熒嚇了一跳退後了幾步，剛從銀行回來的茉莉也嚇到，抱著包包緊張地東張西望，「怎麼了？怎麼了？發生什麼事了？又有人闖進來了嗎？我才剛領了一筆錢出來！」

「妳幹嘛？講妳幾句就不高興，也不用這樣吧。」丁熒摸著耳朵不悅地看著我。

我沒有什麼不高興的，是因為丁熒講到時間兩個字，我才想起更重要的事，我對著她們說：「Highlight 的大老闆說要再給我們一天時間，明天早上把樣本送到！」

換她們兩個大叫，開心抱著我，興奮地猛跳。

我掙開她們兩個人的懷抱，看著牆上時鐘，現在已經中午十二點半，我們現在是在跟時間賽跑。睡衣布料工作室還有庫存，但是配件、零件還需要採購，沒有時間用手縫，我只能剪完布料後，去代工那裡用機器縫製，再回工作室手工縫上配件。

我對她們兩個人說：「丁熒，我開清單給妳，妳幫我去廠商那裡拿副料，茉莉，妳幫我跟代工阿姨那裡說一聲，我差不多兩個小時後會過去一趟，幫我留一條生產線。」

「沒問題。」她們說完各自解散。

我也開始排版裁布料。呂星澤說的那句，「妳不要放棄的太早，我還在努力。」不時在我腦海裡繞來繞去，感情上我已經拒絕他，但工作上我不能辜負他。

投入工作最不解的地方，就是永遠不知道為什麼時間會過得這麼快。

我們三個人都沒有回家，丁熒當我的小助手，幫我穿針、準備工作，茉莉負責買吃的、喝的，餵飽大家，一直到凌晨三點多，三套樣品睡衣，又穿在人形模特兒身上。

我們三個人看著人形模特兒，捨不得離開。

「妳們先回去吧！我要留在公司。」不管是誰想對它們不利，都要先 over my dead body。

丁熒轉頭瞪了我一眼，「沒有只有妳留下來的道理，我也要留下來啊！那顆水鑽是我黏上去的耶。」

真好意思說，總共七十七顆水鑽，就黏了這一顆。

「大家一起留下，當作露營啊！」茉莉提議。

於是，我們就隨便鋪了塊布在地上，直接躺下。沒有枕頭、沒有棉被，幸好是熱死人的七月。

丁熒關掉燈，躺回到我身旁，我眼睛才剛閉上，她就馬上問：「妳為什麼拒絕阿澤，不喜歡他嗎？」

「怎麼了？怎麼了？我錯過什麼了嗎？」茉莉緊張地在我旁邊問。她忘了調低音量，吵得我耳朵好痛。

「早上阿澤跟海若求婚了。」丁熒馬上幫茉莉解惑。

茉莉一聽，倒抽了一口氣，開心地抱住我，「太好了，恭喜妳啊！我要當伴娘！」

「可是湯湯拒絕了。」丁熒簡直是我的代言人，她到底聽到多少了？

茉莉再倒抽一口冷氣，繼續在我耳旁大吼，「為什麼？」

「所以我不就正在問她嗎？」丁熒把問題丟回到我身上，用肩膀推了我一下繼續問：「妳真的不喜歡他嗎？」

我想了很久，畢竟這對我來說，是很重要的事，「喜歡啊，就跟喜歡妳們一樣，但更多的喜歡，我還在想那到底是什麼。」我說。

愛嗎？

其實，當他說喜歡我的時候，我很心動，但是心動跟相愛，距離還好遠。因為謝天宇，我大學四年整整沒有交男朋友，總覺得是自己做錯什麼，所以被拋棄。出來工作後，愛上了劉凱，談了四年戀愛，以為自己走出謝天宇的陰影，結果卻又換來更大的背叛。

我質疑的不是自己到底喜不喜歡呂星澤，而是質疑自己愛人和與人相處的能力。白話一點，我沒自信自己可以被愛很久。

我喜歡和呂星澤在一起的自在，我喜歡他對我白目耍賴，也喜歡跟他你一句我一句地鬥嘴，更喜歡他總是嘴賤又毫不留情地點出我的缺點。他看過我最狼狽的樣子，卻喜歡上我。

像夢一樣，我很怕醒。

「別想太多，因為到最後妳會發現，一切都是白想，浪費時間！」丁熒拍了拍我的臉後，轉身睡覺。

「我沒辦法給妳建議，畢竟我……暗戀了六年還在原地。」茉莉嘆了口氣，換我拍拍她的臉。

各有各的情關。

而呂星澤就是我失眠的關，一整個晚上，他認真對我說愛的表情，讓我完全睡不著，但也有可能是我身旁這兩位的鼾聲驚天動地，讓我差一點耳鳴。

天一亮，我起身整理工作室，將人形模特兒套上防污袋，再把資料備齊後，我走出大樓，到隔壁社區的早餐店。當我站在價目表前時，我可以體會茉莉幫我買飯時的心情。不知道她們愛吃什麼，所以全部都想買回去給她們吃。

「小姐，妳確定要點這麼多？」老闆看著我問。

我點了點頭。

老闆繼續說：「家裡人很多厚？」

「對。」我笑了笑。

差不多等了半小時，老闆將我買的早餐拿給我。手很沉，卻不覺得重，大概就是愛的力量吧。

走了十多分鐘回到工作室，一進去，丁熒和茉莉已經起床，兩人慌張地在找什麼，丁熒翻著庫存布，茉莉探著會議桌下。

「在找什麼？」我疑惑。

她們聽到我的聲音，同時回頭。兩人十分著急地衝到我面前，「嚇死了我，我以為妳不見了，遭遇什麼不測了。」

「我去買早餐啦！」丁熒是以為我被棄屍在布堆裡嗎？茉莉以為我被丟在會議桌下

嗎？這兩個人平常精明，怎麼有時候會這麼單純啊。

然後我被她們兩個人瞪了一眼，很無辜。

吃完早餐後，丁熒和我準備到 Highlight 去送樣本，「妳打電話給阿澤說我們要過去了。」丁熒搬著模特兒對我說。

我愣了一下，「妳打好不好？」

丁熒看了我一眼，沒好氣地說：「那模特兒妳搬下去。」我點頭點得非常用力，然後迅速把三個模特兒搬下樓。

上車後，丁熒轉頭看著我說：「不要緊張，我們盡力了，我對妳的設計很有信心，樣本確認後，如果不用修改，生產線那裡昨天茉莉也確認過，是可以來得及出貨的。妳不要擔心。」

我點點頭，但手指還是緊握，我不敢告訴丁熒，我的緊張是因為呂星澤，是因為我知道等等見面了應該會有點尷尬。

果不其然。

我一下車時，呂星澤已經在他們辦公大樓的門口。我們四目相接，不知道過了多久，他才對了我說了聲早，我也說了聲早。

「你們在幹嘛？模特兒要搬上去啊！」丁熒打斷了我們的尷尬。

呂星澤和我同時回神，同時要去打開後車廂時，我的頭撞到了他的下巴，他的嘴唇被牙齒嗑到，流了些血。

「對不起！」我驚慌地趕緊伸手去幫他擦。他看著我，我看著他，又開始尷尬。我的手就停在他的嘴唇上，不知道該怎麼辦。

「一點血死不了，再不搬模特兒，我們就要遲到了。」丁熒再度打斷了我們的尷尬。

我瞬間收回手，呂星澤隨即打開後車廂，把三個模特兒放到他拿來的推車上，然後推進大樓，我和丁熒也跟了上去。

然後，我盡量和他保持距離，保持著中間一定會有一個丁熒。

進會議室的時候是，布置場地的時候是，說話的時候也是。

「要喝什麼嗎？」他問我，我搖了搖頭。

「我要咖啡。」丁熒說。

呂星澤轉身走出會議室，下一秒，丁熒就說馬上拉住我，「白痴都看得出來妳很刻意在躲阿澤好嗎？可以不要那麼不自然嗎？」

我嘆了口氣，「我還沒有調適好。」

「有什麼好調適的？直接在一起就好啦！」丁熒笑著說。

「我才不要。」我大聲說。

我怎麼能夠那麼隨便對待呂星澤，他是個值得擁有很多愛的人，但目前的我是不是真的有能力給？我真的還不能確定，所以不想讓他傷心。

突然會議室的門被推開，Amy 和喬治走了進來，坐到上次的位置。

丁熒在我耳旁小聲說了一句，「那 Amy 看起來最難搞。」我笑出來，不就是跟妳一樣嗎？

呂星澤也走進來，把咖啡遞給丁熒，淡淡地對我說了聲加油後，坐到他自己的位置上。然後我走到模特兒旁，把防污袋拆掉，一轉頭，就看到阿雄走進會議室。

就是雜貨店老闆娘的兒子，阿雄。我們那條巷子裡有名的宅男，阿雄。

我心裡開始閃過八萬個他出現在這裡的理由，來買保險套？來試用保險套？剛好路過？走錯地方？這裡不是他該來的地方，但他怎麼會來？

Amy 和喬治笑著跟阿雄打招呼，「嗨，老大，好久不見啦！」阿雄也笑著對他們點頭，轉頭對上了我的臉，一副看到鬼的樣子。我也是相同心情好嗎？

呂星澤起身對我們說：「這是我們公司執行長，黃大雄先生。」接著對阿雄介紹，

「老大，這是我們這次合作聯名系列 WeUp 工作室的湯海若設計師，還有丁熒經理。」

「喔？」阿雄看著我，似笑非笑地點了點頭。

我看著他，還是不能相信阿雄竟然是執行長。

那個無所事事每天宅在家裡看球賽的人、那個每次都被自己媽媽嫌沒有用的人、那個每次算錢都算錯的人、那個每次都穿同一件灰T恤和運動短褲的人，居然是保險套公司執行長。

我想通了為什麼呂星澤老是出現在我家附近，前天晚上也是，遇到林曼如那天，從雜貨店裡頭傳出來的熟悉談話聲也是他，他正在幫我努力。

沒什麼比這個更令人震驚的了。

阿雄小聲地在我耳旁說：「別告訴我媽。」我抬頭看他，他笑了笑，走到模特兒面前繞了一圈，直接轉身對呂星澤說：「就這三套吧！我要回家了。」

然後就走了、就走了、就走了！

我和丁熒對看了一眼，馬上追出去跑到阿雄面前攔住他，「設計沒有問題嗎？還是因為我是熟人，所以沒有問題？不喜歡我可以再改，改到你滿意。」

呂星澤和其他人也都跟了出來。

阿雄看著我，笑了笑說：「我們很熟嗎？」

我愣了一下。

阿雄轉過頭對呂星澤說：「阿澤，到貨幫我留個二十組，我要拿去送網友。」呂星澤點頭後，阿雄往大門走去，又突然回頭對我說：「妳幹嘛對妳自己那麼沒有自信？」

我再次愣住。

「湯，妳和執行長認識，怎麼不早說？」丁熒走到我旁邊問。

我無奈地笑了笑，「我也是今天才知道。」這世界無時無刻都在反轉啊！

「反正事情順利就好。」丁熒開心地勾著我的肩。

我們一轉身就看到 Amy 在跟呂星澤說：「我也要一組，不，兩組好了。」喬治也跟著預訂，「我也要兩組。」

Amy 一聽，吐糟起喬治，「幹嘛？你不會還在腳踏兩條船吧！那個什麼小美跟珍珠。」

「多管閒事。」喬治笑著走向大門。

Amy 走到我面前，打量了我一番，眼神還是很不屑，「設計還行，但沒有遵守合約上的日期，是妳們的問題，希望交貨期不會出狀況。」

「不會的，我保證。」我說。

Amy 冷哼一聲後離開，丁熒走到呂星澤面前翻了個大白眼，對著他說：「你同事態度也太差了吧？」

「她其實人很好。」呂星澤替 Amy 說話。

丁熒又翻了個白眼，我和她一起走進會議室，結果進到裡面，就看到女員工們圍在人形模特兒面前開心地討論起來，有人喜歡紅、有人喜歡白、有人喜歡黑。

「回去工作了。」站在我身後的呂星澤，對員工說著。

女同事們悻悻然地轉身要離開，一窩蜂往門口走出來。我被兩個女員工一擠，沒站穩，差點跌倒。呂星澤從身後抱住我，我嚇了一跳，急忙掙開，保持距離，抬頭卻對上了他受傷的眼。

不是討厭他，是我害羞。

我轉身收好模特兒，和丁熒準備下樓時，丁熒突然對我和呂星澤提議，「今天是不是應該開個慶功 party？我們去居酒屋好好喝個夠！」

「好啊！」呂星澤說。

「我有點累，想回家休息。」我說，然後拉走呂星澤手上的推車，「我推下去就可以了，我會把推車放在警衛室。」

我不敢看他，就直接走出 Highlight。

一上車，就被丁熒唸到臭頭，「妳真的是……拒絕人家也長點心眼可以嗎？妳沒看到阿澤的表情有多難過，我看了都快哭了。我們可是還沒有交貨，接下來還會再碰面，妳是打算一直這樣下去嗎？先不說他喜歡妳，光是他幫我們這麼多，不該請他吃個飯嗎？結果妳還不去。」

我沒有辦法反駁，這是我的錯。

「我不覺得妳對阿澤一點感覺都沒有。」丁熒轉頭看我，「如果妳需要時間，跟他說一聲，請他等妳，別讓他白白難過。」

我看向窗外，想著該怎麼跟他說。

回到工作室，跟茉莉報告完這個好消息後，我們三人各自解散，要回家好好休息，我打算從中午睡到明天。在丁熒和茉莉又要貼身保護之前，我快速地拿了包包跟車鑰匙，對她們說了聲再見，趕緊衝下樓。

卻在要開車的時候，遇到了阿紫奶奶。

「我跟妳說，快去找妳前男友，把他搶回來啊！他才是妳真正的姻緣！」阿紫奶奶抓著我本來要關上的車門，又在胡言亂語。

我只好伸手搔了搔阿紫奶奶的腰間，她笑得花枝亂顫。趁著她手一放鬆，我關上車門，快速逃逸。一回到家，我連澡都沒洗，衣服也沒換，躺在床上就睡著了，醒來已經是隔天下午了。

日子就是快得讓自己招架不住。

接下來的幾天，過得像在世界大戰，除了Highlight的案子外，也有每季固定要發表的新款，還有某些熱賣款式，要接受客戶意見進行修改，都得趕快處理。

於是我只好把Highlight的案子丟給丁熒聯絡。

「老實說，妳是不是在躲阿澤？」丁熒站在我面前，雙手抱胸看著我。

我差點被手上的針刺穿手指，「哪有？接下來就是妳業務部的工作範圍啊！」

「最好是，前天他說要來工作室拿資料，妳人就不見了，昨天晚上說好去吃飯，妳又說妳趕不過來，妳真的是……」丁熒砲火猛開。

「就真的來不及啊。」我說，說得很心虛。

「好啦，隨便妳，又不是我要戀愛，妳開心最重要。」丁熒說完拿著包包就出去了。

丁熒出去後，沒多久茉莉打電話進來，「湯湯，妳可以過去麗成那裡拿鐵釦，然後送去工廠嗎？我還在銀行，等等還要去另一個廠商那裡，我怕趕不過去。」

「沒問題。」於是我掛掉電話，拿起包包和車鑰匙出門。

一樣又在要關上車門的那一瞬間，阿紫奶奶出現，拉住我的車門，「我跟妳說真的，妳真的打算讓自己嫁不出去嗎？」

「如果劉凱真的是我注定的姻緣，那我真的寧願一輩子嫁不出去。」我說。

阿紫奶奶因為我的認真而愣住。我趁這個機會迅速關上車門，快速地出發去辦好茉莉交代的事。

真不懂阿紫奶奶在堅持什麼三年前的事。

拿完鐵釦，再去一趟代工廠後，我發現肚子有點餓。仔細想想，從早上到現在我好像只喝了杯咖啡。因為茉莉一早就出門，丁熒又很晚進公司，太依賴她們提醒吃飯及餵食的下場，就是像現在這樣。

差點餓死。

想到她們，我忍不住笑了笑。看到前方有間輕食店，我停好車，準備外帶一個三明治回公司時，發現今天的陽光特別舒服，於是我決定內用，坐到靠窗的位置，翻著雜誌，看看本季流行趨勢。

突然有人在我面前坐下來。

「不好意思，我不接受併桌。」我邊說邊抬頭。

是呂星澤。

我嚇了一跳，好幾天沒有看到他，我的心跳忍不住加快許多。以前覺得他邋塌，但為什麼今天覺得沒刮鬍子的他很有男人味。

「好巧喔！」我乾笑了幾聲。

「我剛好在附近巡點。」他指了指對街的情趣用品店。

我點了點頭，又乾笑了幾聲，但他沒有笑，只是一直看著我，看到我覺得屁股發癢，看到我想拿了包包就逃。

過了快要一世紀他才開口說：「妳在躲我嗎？」

我愣住，清了清喉嚨，非常不自然地說：「沒有啊！」

說完連自己都心虛。

他又繼續看著我不說話，眼睛像要把我看穿一樣，壓迫得快讓我喘不過氣時，他才緩緩說：「我喜歡妳，讓妳壓力很大嗎？」

「沒有啊！」我說。

壓力不是他給我的，是我自己給自己的。

接下來的幾分鐘，兩人就僵在那裡，誰都沒有說話。剛好服務生端上了我點的三明治，我問服務生，「抱歉，可以幫我打包嗎？」

服務生微笑，說了句沒問題後離開。

呂星澤看著我，嘆了好大一口氣，「妳不用躲我，我不會再煩妳了。」然後起身離開，走出輕食店，好像要走出我的世界時。我頭皮發麻，驚覺有些事不對。

我看著他離去的背影，莫名地紅了眼眶。下一秒，我起身追了出去，卻沒有看到呂星澤。我著急地撥打他的手機號碼，我想跟他說，可以不要走嗎？可以給我一點時間嗎？

卻沒有人接。

「海若。」我聽到有個男生叫我。

我開心地轉頭，以為是呂星澤，沒想到是劉凱。我當作沒看到他，轉身想離開時，劉凱在我身後說了一句，「我活不久了，胃癌。」

我停下腳步，轉頭瞪著劉凱，這不是一個引起我注意的好方法。

劉凱走到我面前，知道我不會信，特別從口袋拿出醫生證明給我看，露出無力的微笑，「妳是不是很開心？像我這樣辜負過妳的人，現在就要有報應了。」

我看著診斷證明，末期，驚訝得說不出話來。

的確，我詛咒過他和林曼如，我希望他們也受到和我一樣的痛苦，但我沒有想要他們死啊！

「醫生說有什麼想做的事，就快點去做，我想到的是跟妳道歉。可能人到了臨死前，才會真的檢討自己吧。」劉凱又笑了，笑得那麼不在意，像是認了自己的死期一樣。

「沒有找別的醫生嗎？」我問。

「怎麼可能沒有，誰想死？」

「你現在要做的不是跟我道歉，而是好好待在你老婆和女兒身邊。」我不需要他的道歉，我只希望他能夠活下去。

劉凱笑出聲，越笑越大聲，笑到咳了好幾下，差點跌坐在地。我急忙伸手扶住他，走到剛剛那間輕食店外的長椅坐下，向服務生要了杯溫水，讓他喝了幾口。

我真後悔詛咒他，明明是被傷害的人，搞得現在自己好像殺人凶手。

「我和曼如半年前就離婚了。」他說。

「怎麼可能？」她明明前幾天才來警告我而已。

「結婚後，我們在英國生活得很辛苦，我說要回台灣，她不肯，為了能多賺一點，我常加班，她以為我在外面有女人，我們每天吵架。原本以為有了小孩後會改善，但沒有，我只要稍微晚回家，她就丟下女兒一個，四處找我。」

我看著劉凱，他看著遠方，很難想自己曾愛過眼前這個人。

「女兒後來死了。」

我倒抽一口冷氣，「怎麼會……」

劉凱看著我又笑了，「我每天都在問自己怎麼可能？但女兒真的死了，曼如為了監視我，偷跟著我出差，不顧病了很多天的女兒，等我出差回家，送到醫院時，已經來不及了，她才六個月大。」

我不敢置信，無法相信自己耳朵聽到的。

「女兒死後，我跟她提了離婚，吵了很久她才肯放過我，沒多久，我就發現我得癌症了。」劉凱又無力地笑著。

我看著他，把之前的事說了出來，「她前幾天來找過我，求我不要破壞你們的婚姻。」林曼如真的愛慘了劉凱，為了他，什麼謊都說得出來。

「她也回台灣了？」劉凱驚訝。

我點點頭，轉頭問劉凱，「你不做治療嗎？」

他搖了搖頭，「像我這種什麼都沒有的人，花了大把的錢，頂多也只是再活個半年一年的，有什麼意義？」

「沒活下去，你怎麼知道有沒有意義？」我說。

他笑著說：「不了！看妳過得好，我也就放心了，本來以為沒得到妳的原諒，會是我這輩子最大的遺憾，但看起來妳好像不恨我了。」

「跟一個生病的人計較，我瘋了嗎？」恨不下去，真的，但我真的不希望是用這樣的方式化解恨意的。

他轉頭看我，伸手摸了摸我的頭，「真好，妳還是跟以前一樣。」

我看著他布滿血絲的眼睛，忍不住紅了眼眶，伸手擁抱了劉凱，哽咽地說：「對不起，那時候我揍了你那麼多下，還拿椅子砸你，用菸灰缸丟你，還把你推去撞櫃子。如果當初好好放你走，會不會結果就不一樣了？」

劉凱輕拍了我的背，安慰著我說：「不會，這是我的命。」

劉凱放開我，給了我一個微笑，「好了，台北的朋友該見都見了，我明天就要回高雄好好陪陪我媽了。」

我擦去淚水，點了點頭，「你要保重。」

「可以的話，離林曼如遠一點。」他叮嚀著。

我點了點頭。

「希望那個男人可以好好對妳，不要跟我一樣蠢。」他笑了。

我知道他在說呂星澤，但這次蠢的人好像是我。

劉凱和我道了再見，我在夕陽微光下目送他離開。我想，我們真的永遠不會再見面了，這個我曾經用生命去愛過的人。我在原地站了很久，因為我還是無法相信死亡已經離他這麼近。

「小姐，妳的三明治。」服務生的呼喚讓我回神，也讓我想起了呂星澤。

我接過三明治，跑向我的車，又開始撥打著呂星澤的電話號碼，仍沒有人接。我直接到他公司找他，他也不在，我只好失落地回家。

拿著手機，等著他回電，等著電話一接通，我就要毫不猶豫地告訴他，「我喜歡你，我要跟你在一起，不需要給我時間，我們一起面對時間。」

但手機仍沒有回應。

我不死心地再打一次，依舊沒有人接。我有點害怕，害怕這次放棄的人是呂星澤。

我看著手機，漸漸被不安籠罩，想著想著，快哭出來的時候，突然傳來門鈴聲。我激動地衝過去開門，同時手機也響了，是呂星澤。我開心地接起來。

「你在門口嗎？」我把門打開。

呂星澤的聲音急促的從手機裡傳來，「妳在哪？那些事都是林曼如做的！別再單獨和她見面！」

我愣了一下，看見門口站著的是林曼如。

下一秒，我被林曼如狠狠推倒，我摔在地上，手上的手機也不知道飛去哪裡。

林曼如穿著全身紅，連口紅都紅的像火，眼神像噴火似地朝我走來。我趕緊站起身，她撲向我，雙手壓制住我的手，把我壓在窗邊，對我大吼，「妳為什麼拘我老公？妳不是說不會破壞我們嗎？為什麼跟我搶？從謝天宇開始就一直跟我搶，還想跟我當朋友，妳每次勾我手，我就想吐！」

「有什麼事先放手再說。」我試著掙脫，但她發了瘋似的，力氣太大，我完全動不了。

「有什麼好說的，都是妳害我家破人亡，我今天要跟妳一起死。」她掐住我的脖子。

我抓著她的手，呼吸困難，努力擠出聲音，「誰害妳了，放手。」

她抓得死緊，我覺得眼前一黑，不太妙時，用我的腳踢了她的小腿。她吃痛地放手，我趁這機會要衝到外頭去，卻被她抓住頭髮，把我的頭推去猛撞牆。我感覺到血流進我的眼睛，下一秒我伸出手擋在頭和牆之間，避免再撞上牆。

林曼如見狀，又把我往旁邊一拉，讓我狠狠撞在餐桌上，我和桌子都翻倒在地上，桌上的東西全倒在我身上，馬克杯也破了。我火大起來，頓時很想跟林曼如同歸於盡，我使勁起身，用最大的力量往林曼如衝了過去，兩人扭打了起來。

我呼了她幾巴掌，她也打了我好幾下，但頭上流下來的血模糊了我的視線，林曼如趁我抹去血跡時把我推開，然後跑到廚房去。我站起身，一轉頭，看到她拿了我唯一一個吃泡麵用的大瓷碗，往我頭上砸了過來。

下一秒，我就失去意識了。

當我再次醒來，是在醫院。

我的床邊坐著丁熒、茉莉，她們擔心地看著我，兩個人眼睛都又紅又腫，見到我醒來鬆了口氣。

她們急忙問：「還好嗎？會不會想吐？有沒有頭暈？有沒有其他地方不舒服？」

我搖了搖頭，腦子裡都只有林曼如那張想殺死我的臉。

「我怎麼會在這裡？」我問。

「還說呢，幸好阿澤報警，我們趕到現場時，那瘋女人正準備要把妳從窗戶丟下去！」丁熒說完，茉莉就哭了出來，緊抓住我的手，好像我隨時會消失一樣。

和死亡交錯只差一瞬間，我口乾舌燥。

「林曼如呢？」

丁熒火大地說：「活得可好的了，還在警局接受調查，這女人真的嚇到我了，我再也不出去混了，要是遇到一個這樣的恐怖情人，我幾條命都不夠賠。妳的輪胎是她刺破的，紅油漆也是她潑的，反正妳遇上那些倒楣事都她做的。」

「妳怎麼知道？」

丁熒看了我一眼說：「阿澤一直沒有放棄，想查出事情真相。他上網號召網友幫忙，只要那幾天有開車經過銀河大樓的人能夠提供行車紀錄器裡的影像，就贈送一箱保險套。結果收到了很多影片。」

「而且還麻煩那個大老闆，就住妳家附近那個，向有裝監視器的鄰居借錄影紀錄來看。他整個下午都在查這件事，果然被他查到了。阿澤說他打電話要妳注意時，已經來不及了。」茉莉接著說。

我急忙下床想找呂星澤，想看他一眼。但體力還沒有恢復，差點腿軟。丁熒趕緊扶住我，「妳幹嘛下床，給我躺回去，醫生說妳有可能腦震盪。」

我被她和茉莉又抓回床上，「呂星澤在哪？我要去找他。」

「他把那些相關影片交到警局了，妳先休息，他等等就來了。」丁熒這樣說著。

等等就來了，這句話讓我安心不少。

因為暈眩，我閉上眼想休息一下，等著他來，卻整個人昏睡過去。當我再醒來時，我就再也找不到呂星澤了。

他消失了。

從我的世界，徹徹底底消失。

無論我打了多少次手機，都直接轉進語音信箱。公司的人說他請長假，我問阿雄，他也不知道呂星澤請長假是去哪，丁熒和茉莉也找不到他。現在跟我一起在代工廠的，是他的職務代理人Amy。

「OK，抽查了幾件都沒有問題，辛苦啦！我明天會把各個出貨點的地址送過來，要準備出貨了。」Amy 對著我說。

我點點頭，然後問她，「呂星澤什麼時候回來上班？」

「妳到底要問幾次？每次都問，他欠妳錢是不是？欠多少啦？我來還。」Amy不耐煩地看著我。

是我欠他，而且我想還。

見我沒回應，Amy 也懶得再理我，便先離開了。我回到工作室大樓下，才停好車，下車就看到阿紫奶奶在咖啡店門口對我招了招手。

我懷疑地看了她一眼。劉凱和林曼如的事已經跟她講清楚說明白，應該不會再叫我要把握什麼天注定的姻緣吧！如果不是，那該不會又要我翻名單了吧？

「快來！不過來，就我過去喔！」阿紫奶奶對我吼。

我嘆了口氣，走到咖啡店裡，看到劉凱坐在裡頭，我嚇了一跳，他看起來比之前更瘦了。我正要走過去時，阿紫奶奶拉住我，在我耳邊說著悄悄話，「不是這個人，妳不要跟他和好，妳的姻緣至少有三十年。」

善變的女人。

不想再跟阿紫奶奶說太多，我坐到劉凱面前，「你怎麼來了？身體還好嗎？」

他點了點頭，「我去看了曼如。」

「嗯。」

說到她，我們的氣氛突然變得很凝重。

劉凱突然苦笑了一聲，「我真是造孽，先是背叛了妳，又辜負了曼如，她今天會這樣有很大部分都是我造成的。如果我多給她一些安全感，她是不是就不會這麼嚴重？女兒死掉，她也很痛苦，但只我想到我自己的痛苦，只想和她離婚離開這一切。」

劉凱自責，越說越激動，紅了眼眶，焦躁的抓著自己頭髮。我趕緊拉住他的手，「別說這種話，我和她媽媽談過了，我不需要什麼賠償，等她該受的處罰結束了，會讓她好好接治療。」

劉凱看著我，「她會好嗎？」

「會。」我們都要相信她會好，才有辦法繼續走下去。

因為生活從來不會等你悲傷完才開始，它就是任性地要你帶著悲傷，逼著你共存。有些人會選擇掙扎，有些人選擇無視、有些人選擇面對，而有些人就會向老天祈求，求有一天誰能夠來帶走他的悲傷。

我就是後者。

後來才發現，自己的悲傷誰也帶不走。

直到現在，我還是悲傷著，但我已經不害怕悲傷。因為那是生命的一部分，不管因為是誰，我都感謝自己曾經悲傷過，才會知道幸福。可能只是一句話、一杯茶、一個值得我想念的人。

「謝謝妳原諒她。」劉凱看著我，哭了出來。

我搖了搖頭，「我只是選擇不責怪她。」林曼如的行為讓我身旁這些愛我的人擔心、害怕。說原諒還太早，在我心裡她還是有罪，但就讓法律去制裁她。而我不責怪她，不是為了她，只是為了我自己。

「你好好照顧自己。」我說。

他點了點頭，我送他離開。

看著劉凱的背影，這一瞬間，我才感覺到，所有的事都完全結束了。

看著地上我自己的影子，這一瞬間，我不再討厭我自己，那個討人厭的湯海若，已經遠離了。

下輩子，我們都不要埋怨彼此。

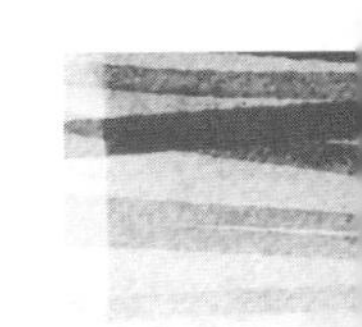

尾聲

「快！這一箱先出。」丁熒指揮著臨時工讀生，「那箱還沒有裝完，等一下啦！」

茉莉買了一堆食物，用推車送進來，對丁熒說：「不要那麼急躁啦！七夕沒情人就算了還在工作，我們都是可憐人。」

丁熒馬上勾著工讀生的肩膀，「弟弟，姊姊剛過激了一點，你別介意。」

工讀小男生馬上臉紅。

我笑了笑，「妳這是職場性騷擾喔！」

丁熒馬上推開工讀生，看似親切卻又非常大聲地勸告著工讀生，「別告訴你媽！」

我看著她們，笑了出來。

聯名系列的效果非常好，訂單一直不停在追加，我們已經連續三天都在工廠幫忙出貨，還請了兩個工讀生來幫忙。今天是最後的難關，五點前把貨出完，才能真的告一段落。

如果呂星澤在，一定很開心。

想到他，我又拿起手機走到外頭去。丁熒看到，開口問我，「又要打給他啊？」

我點了點頭。

走到沒人的地方，我撥了呂星澤的手機，一樣直接轉進語音信箱。我在嘟聲後，開始說著今天發生的事。

整整兩個星期，沒有人跟他聯絡上。

「我很想你。」這是我每次留言的結語，多希望下一秒他會回應我：我也很想妳。

但沒有，我掛掉電話，重新回到水深火熱的出貨地獄。沒有回應也沒有關係，至少我說出來了。

把我對他的在意和想念，都說出來了。

出完最後一箱貨後，丁熒開心大叫，拉著我和茉莉說：「我們去喝酒！我一定要喝到吐！」

「不了，七夕還跟妳們混，太沒行情了，我要回家抱枕頭。」我說。

丁熒瞪了我一眼，「跟我混不好嗎？如果晚上要人陪，我隨便都能幫妳挑一個。」

「妳留著用吧！」我笑了笑，拿起包包走人。

回到家附近，我在巷口停好車。經過雜貨店時，鐵門是拉開的。阿雄坐在原本收銀的位置喝啤酒，看到我，對我招了招手。我走了進去，才發現他把雜貨店改裝成小劇院，正用投影螢幕在看球賽。

「這麼享受？」我說。

阿雄指了指一旁空的位置，「坐，喝酒！」開了瓶啤酒遞給我。

我坐下來，接過啤酒喝了一口，轉頭看著他問：「老闆娘呢？」

「去南部進香。」

「你創業的事，為什麼不告訴她？」這件事我好奇很久。

阿雄轉過頭來看著我，「妳知道人很貪心嗎？」

我笑了笑，「貪心不是正常的嗎？」

「假設妳兒子很宅很魯很沒用，突然拿了五千塊給妳當零用錢，說是自己存的，妳會不會感動？」

我點了點頭。

「那如果妳兒子是CEO，月入數十萬，只給妳五千塊，那妳還會感動嗎？」

我笑起來，「所以你現在是在跟我坦白，你其實月入數十萬，但只給老闆娘五千塊當零用錢？」

他看了我一眼，笑著說：「別讓我媽知道，不能把她寵壞，還是讓她覺得我很魯就好。」

「很聰明啊！」我說。

「阿澤比我聰明。」

我抬頭看著阿雄，他喝了一口酒繼續說：「當初我身上只有三十萬，是我玩遊戲賣帳號賺來的。阿澤是我軍中後輩，我說我不想工作，他說他想賣保險套，我覺得很有趣，就拿錢出來讓他搞了，誰曉得越搞越大，我就真的都不用工作了。」

我笑了笑。

「這小子很會做生意。」

我把酒喝完，起身。「謝謝你的啤酒。」

「妳等他一下。」阿雄突然這麼說。我愣住，看著他。

「那天他來跟我拿監視器影片的時候，要我以後要多照顧妳，我說我不要，自己的女人自己顧，我哪來美國時間？這小子，開口拜託我耶。所以剛那瓶酒，算是他請你的。」阿雄指了桌上的空瓶。

然後他繼續吐槽呂星澤，「我就不相信他能去哪，還不是躲在哪個地方想要調適心情，放心，他一定會失敗。」

「為什麼？」

「因為他很喜歡妳啊！哪來理智調適？騙自己可以啦，騙我還遠的。」阿雄得意地喝了口酒。

我轉身離開，走在街上，想到他和我在做一樣的蠢事，火氣都來了。

我拿起手機撥了他的電話，一樣又是轉到語音信箱，根本來不及等嘟一聲，我直接對著話筒，就好像他在面前一樣開罵。

「呂星澤，你這隻豬！為什麼不開機？為什麼要躲我？之前我是豬，明明對你有感覺，卻在躲你，你是不是想要趁機報復我？不要鬧了喔！」說著說著，想起他，就哽咽了起來。

「你快回電，我們不要再浪費時間了好不好！我好想你，我真的好想你。」

「我也很想妳。」身後傳來熟悉的聲音。

我回頭一看，呂星澤就在我眼前。我覺得自己是在作夢，直到他向前緊抱住我，讓我快喘不過氣時，我才知道真的是他。我流下了眼淚，在我還沒有伸手擁抱他時，咬了他的肩膀一口，他痛得放開了我。

我哭著說：「給我解釋清楚，跑去哪？為什麼不聯絡？」

他吃痛地摸著肩膀，無辜地說：「我去我媽那住了一陣子，因為待在這裡會一直想到妳，手機又掉在計程車上不見了，想說妳也不會打給我，就懶得再去辦。」

我流著眼淚，「你這人真的有病！」

他笑著又往前抱住了我，「我有病啊！真的，我有相思病！」他猛揉著我的頭髮，開始得意忘形，「妳幹嘛不早說妳喜歡我就好了。我就說嘛，我這麼有魅力，妳怎麼可能不會愛上我。」

我推開他，差點被他氣死，「你根本神經病。」

一轉身想離開，他又從後頭抱住了我，「好了，我們不要吵架，不能再浪費時間了，得要趕一下進度。」

在我背後的他，沒看到我流著眼淚在微笑。

「我想看妳穿白色那套。」他在我耳邊說。

然後我用手肘狠狠頂了他的肚子一下，他又痛得哇哇叫。我回頭瞪了他一眼，「讓我等了兩個星期，想看我穿，你等兩年吧！」

我往回家的方向走，他又跟了上來，摟住我的肩膀說：「只要妳喜歡我，多久我都可以等。」

我笑了出來，轉頭親了他的臉頰，他看著我，也笑出來，給了我深深的一個吻。

誰都不會帶走我的悲傷，但愛我的人，會給我快樂，而已經能夠好好愛一個人的我，更願意為了愛，承受所有悲傷。

【全文完】

三年前，那一天

湯海若醉醺醺地躺在雜貨店對面公園的長椅上，雜貨店老闆娘站在店門口，朝著湯海若大喊。

「小姐，不要睡在公園啦！那麼晚了，快點起來回家了。」

湯海若微微醒過來，搖搖晃晃站起身，對雜貨店老闆娘點了點頭。老闆娘見她醒過來，放心地走回雜貨店內。

她反胃想吐，卻沒吐出來，踩著不穩的腳步走出公園。眼前有輛車子正停好，車上的人開了車門，準備要下車，腳才踏出車外，湯海若又忍不住反胃，扶著開著的車門就吐了出來。

「靠！小姐妳哪位啊？我的新鞋，靠！這味道……我也要吐了。」呂星澤猛吞著口水，很怕自己下一秒因為這個味道也吐了。

湯海若吐完，搖搖晃晃地走了。

呂星澤的左腳被嘔吐物覆蓋住，上車也不是，下車也不是，對著湯海若的背影憤怒大吼，「小姐，妳這樣吐完就走人了嗎？有沒有道德啊？有沒有良心啊！給我回來喔！喂！哪個男人娶到妳這種女人，倒八輩子大楣。」

呂星澤仰天大吼，「靠！」

天上的星星閃啊閃的。

【三年前，那一天・完】

〈後記〉為了人生中美麗的際遇

有一種遺憾，叫做有緣無分。

後來，我都這樣安慰我自己。

我們總是會遇上某個人，像是命中注定一樣，我們用盡全身力氣，狠狠地愛著彼此，卻在某個時刻，愛，突然莫名其妙結束。也許是不愛了，也可能是敵不過外在力量，沒有人懂。過去的美好時光，像是被風吹開的灰塵一樣，散在空氣的角落，消失得無影無蹤。

那麼，相愛為什麼沒有結果？

我們糾結在這個問題，不吃不喝，如行屍走肉，想起過去，心就揪在一起，眼淚就忍不住潰堤。為了能好好活下去，我們自己給了這個問題答案，就是有緣無分。

啊，世上如此多戀人，所有美麗卻無疾而終的戀情，都是有緣無分。

我們只是萬千遺憾中的一個，不需要太過悲傷。我們的愛情，並沒有比誰的特別，哀傷也是。

因為這四個字，所有沒有結果的愛情，都得到了最好的慰藉。

我相信生命中所有遇見的人，都是緣分。

有個朋友告訴我，緣分就是盡人事聽天命，緣是天命，而分是人事。我想無論如何，最終不管是好是壞，都是人生一場美麗的際遇。

希望大家也是。

雪倫

國家圖書館出版品預行編目資料

若你看見我的悲傷 / 雪倫著. -- 初版. -- 臺北市：商周，城邦文化出版；家庭傳媒城邦分公司發行, 民 106.5
面 ； 公分. --（網路小說；267）

ISBN 978-986-477-238-4（平裝）

857.7　　106006326

若你看見我的悲傷

作　　者／雪倫
企畫選書人／楊如玉、陳思帆
責任編輯／陳思帆

版　　權／翁靜如
行銷業務／李衍逸、黃崇華
總 編 輯／楊如玉
總 經 理／彭之琬
發 行 人／何飛鵬
法律顧問／台英國際商務法律事務所　羅明通律師
出　　版／商周出版
台北市中山區民生東路二段 141 號 9 樓
電話：(02) 2500-7008　傳眞：(02) 25007759
Blog：http://bwp25007008.pixnet.net/blog
Email：bwp.service@cite.com.tw
發　　行／英屬蓋曼群島商家庭傳媒股份有限公司城邦分公司
聯絡地址：台北市中山區民生東路二段 141 號 11 樓
書虫客服服務專線：(02) 25007718・(02) 25007719
24小時傳眞服務：(02) 25001990・(02) 25001991
服務時間：週一至週五09:30-12:00・13:30-17:00
郵撥帳號：19863813　戶名：書虫股份有限公司
讀者服務信箱 Email：service@readingclub.com.tw
城邦讀書花園網址：www.cite.com.tw
香港發行所／城邦（香港）出版集團有限公司
地址：香港灣仔駱克道 193 號東超商業中心 1 樓
Email：hkcite@biznetvigator.com
電話：(852)25086231　傳眞：(852) 25789337
馬新發行所／城邦（馬新）出版集團【Cité(M)Sdn. Bhd.】
41, Jalan Radin Anum, Bandar Baru Sri Petaling,
57000 Kuala Lumpur, Malaysia.
電話：(603) 90578822　傳眞：(603) 90576622

封面設計／黃聖文
版型設計／鍾瑩芳
排　　版／游淑萍
印　　刷／高典印刷有限公司
總 經 銷／聯合發行股份有限公司
電話：(02) 2917-802　傳眞：(02) 2911-0053
地址：新北市231新店區寶橋路235巷6弄6號2樓

■ 2017 年（民 106）5月4日初版
■ 2019 年（民 108）8月7日初版5刷
Printed in Taiwan

定價 / 220元

ISBN　978-986-477-238-4

城邦讀書花園
www.cite.com.tw

廣　告　回　函
北區郵政管理登記證
台北廣字第000791號
郵資已付，免貼郵票

104台北市民生東路二段 141 號 2 樓

英屬蓋曼群島商家庭傳媒股份有限公司　城邦分公司

請沿虛線對摺，謝謝！

書號：BX4267　　**書名**：若你看見我的悲傷　　**編碼**：

請於此處用膠水黏貼

讀者回函卡

謝謝您購買我們出版的書籍！請費心填寫此回函卡，我們將不定期寄上城邦集團最新的出版訊息。

姓名：________________ 性別：☐男 ☐女

生日：西元________年________月________日

地址：________________

聯絡電話：________________ 傳真：________________

E-mail：________________

學歷：☐1.小學 ☐2.國中 ☐3.高中 ☐4.大專 ☐5.研究所以上

職業：☐1.學生 ☐2.軍公教 ☐3.服務 ☐4.金融 ☐5.製造 ☐6.資訊
☐7.傳播 ☐8.自由業 ☐9.農漁牧 ☐10.家管 ☐11.退休
☐12.其他________________

您從何種方式得知本書消息？

☐1.書店 ☐2.網路 ☐3.報紙 ☐4.雜誌 ☐5.廣播 ☐6.電視
☐7.親友推薦 ☐8.其他________________

您通常以何種方式購書？

☐1.書店 ☐2.網路 ☐3.傳真訂購 ☐4.郵局劃撥 ☐5.其他________

您喜歡閱讀哪些類別的書籍？

☐1.財經商業 ☐2.自然科學 ☐3.歷史 ☐4.法律 ☐5.文學
☐6.休閒旅遊 ☐7.小說 ☐8.人物傳記 ☐9.生活、勵志 ☐10.其他

對我們的建議：________________

____

____

____

____

【為提供訂購、行銷、客戶管理或其他合於營業登記項目或章程所定業務之目的，城邦出版人集團（即英屬蓋曼群島商家庭傳媒（股）公司城邦分公司、城邦文化事業（股）公司），於本集團之營運期間及地區內，將以電郵、傳真、電話、簡訊、郵寄或其他公告方式利用您提供之資料（資料類別：C001、C002、C003、C011等）。利用對象除本集團外，亦可能包括相關服務的協力機構。如您有依個資法第三條或其他需服務之處，得致電本公司客服中心電話(02)25007718請求協助。相關資料如為非必要項目，不提供亦不影響您的權益。

1. C001辨識個人者：如消費者之姓名、地址、電話、電子郵件等資訊。
2. C002辨識財務者：如信用卡或轉帳帳戶資訊。
3. C003政府資料中之辨識者：如身分證字號或護照號碼（外國人）。
4. C011個人描述：如性別、國籍、出生年月日。

請於此處用膠水黏貼